Sandrine Louvalmy

Le cri des vieux

roman

« *L'individu équilibré n'a pas toute sa raison* »
Charles Bukowski

1

À la résidence Le Saule, il y avait ceux qui dormaient constamment, d'autres qui marchaient comme des funambules dans les couloirs, et puis il y avait ceux, instables et nerveux, qu'une folle envie de liberté provoquait en permanence…

À la suite de tests médicaux et quelques interrogatoires, les médecins avec cette distance froide et analytique dont ils sont capables dans les moments les plus tragiques de l'existence, avaient annoncé à leurs patients que certaines cellules nerveuses de leur cerveau s'étaient éteintes, et que d'autres connaîtraient bientôt le même sort.

Le problème n'était pas seulement lié à leur vieillesse, mais à ce cerveau qui ressemblait de plus en plus à un fruit pourri qu'il fallait cacher à la société saine d'esprit et de corps, qui ne voulait pas regarder de trop près les dérives cellulaires de leurs ancêtres.

Leurs souvenirs amnésiques confondaient passé, présent, futur, produisant ainsi d'étranges comportements. Il y avait toutefois un remède à leurs maux, précisément un endroit discret où la société pouvait les cacher. La résidence Le Saule. C'est dans cette maison de retraite spécialisée où les vieux ont interdiction de sortir sans être accompagnés, située en haut d'une colline près d'un petit village de trois cents âmes, qu'atterrirent Jeanne et Joséphine, le même jour à quelques heures d'intervalles. En haut à gauche des dossiers de chaque résident, était inscrit en lettres capitales à l'encre rouge un seul mot sanctionnant leur trouble : ADMISSIBLE.

Pour Jeanne, quatre-vingts ans, elle se souvenait très bien du jour où tout avait commencé, après une très violente altercation avec son gendre. Pour se défendre elle avait tenu d'une main tremblotante un couteau à lame bien aiguisée si près de son visage boursouflé qu'il en avait perdu un instant son vocabulaire d'insultes à son égard ! Fermer le clapet de cet imbécile qui ne manquait jamais aucune occasion de lui lancer des invectives, avait été une formidable victoire. Trop courte.

Pour éviter un drame la prochaine fois, l'avenir de Jeanne était devenu l'affaire des spécialistes. Elle avait pourtant essayé de les dissuader *Commettre un meurtre, une femme âgée comme moi, vous n'y songez pas,* avait-elle insisté pour obtenir un jugement plus clément. Hélas aucune explication n'avait attendri les juges.

Malgré des excuses mille fois répétées, rien, absolument rien n'avait pu détendre les visages crispés.

Pour Joséphine, soixante-dix-neuf ans, les prémices s'étaient déroulées autrement. Son mari, un homme d'affaires avec qui elle avait beaucoup voyagé, était décédé il y a quatre ans.

La progéniture, née d'une précédente union, s'accrochait un peu plus chaque jour à l'héritage aussi sûrement qu'un essaim de mouches à des étrons. Un jour Joséphine était devenue subitement neurasthénique, aphasique, agnosique - enfin tout ce qui se termine par « ic» comme un mauvais tic mais sans maladie psychiatrique !

En d'autres termes, elle était devenue emmerdeuse, agressive, d'humeur instable, versatile, gâchant la vie de tous ceux qui s'efforçaient à la rendre pourtant heureuse. Pour elle aussi les tests avaient débuté, sans s'y attendre…

À cet instant, elle avait aperçu une autre vérité, en secouant la partie immergée de l'iceberg, il lui semblait qu'elle était devenue cette armoire vétuste qu'on débarrasse après avoir vidé le contenu, afin de prévoir l'avenir, l'avenir sans elle ! C'était sa vision. Pour elle aussi, il n'y avait eu aucune alternative…

Attendre l'heure fatidique aux côtés d'anonymes qui ont en commun un même diagnostic, était l'unique avenir.

Lorsqu'elles posèrent ainsi leurs valises à la résidence Le Saule, établissement d'hébergement pour personnes âgées dépendantes, sur leur visage inquiet se dessinaient de sombres pensées d'un futur barricadé. Pour les accompagner dans cette nouvelle demeure, il y avait eu des larmes, beaucoup de larmes, et cette immense tristesse qui semblait ne jamais vouloir s'arrêter...

2

Jeanne chambre 109 et Joséphine chambre 112, entre elles, le contact était très bien passé. Elles ne se quittaient d'ailleurs presque plus, clopinant parfois bras dessus, bras dessous à travers les longs couloirs de la résidence.

Ce brusque changement de vie avait été l'occasion d'oublier leurs prénoms un peu démodés qu'elles n'aimaient pas tellement pour les remplacer par des prénoms aux sonorités disons plus américaines, à l'image des sitcoms dont elles raffolaient depuis deux décennies.

Depuis trois ans, Jeanne s'appelait Je(a)nny ; Joséphine, Joy (prénoms prononcés à l'anglaise).

L'idée de créer un groupe de vieux rebelles était apparue quelques semaines après leur intégration. Au départ c'était juste pour tuer le temps, pour alimenter leurs conversations, un peu comme un amusement. Puis le jeu s'était transformé en défi ; leur esprit frondeur avait voulu donner la réplique aux hommes et femmes qui avaient osé enfermer leur destiné dans cet endroit funeste...Elles avaient même trouvé un nom au groupe (*Les éléphants* au début, c'était juste pour rire, puis le nom était resté après.

Pourquoi l'éléphant ? Parce qu'il donne l'impression de traverser des millénaires, affirmaient-elles).

Le plus incroyable, ce n'était pas tellement les détails, mais la réussite de leur pari, l'existence du groupe.

Au sein du groupe, Jenny et Joy s'appelaient aussi les J.J. Ça évoquait notamment les **J**eunes et **J**olies qu'elles avaient été dans les années cinquante, *des années où elles avaient fabriqué leurs plus beaux souvenirs,* avouaient-elles avec une certaine nostalgie.

Elles partageaient parfois quelques photos où leur beauté sur papier glacé suggérait les cœurs brisés qu'elles avaient dû laisser en train d'errer.

Même si elles ressemblaient à toutes les autres vieilles, les mêmes rides, les mêmes joues molles et flétries sur une peau marquée par le temps, les mêmes gestes lents et imprécis, l'attitude désinvolte qui se fout a priori de tout, l'apparence frileuse, la silhouette fragile qui peut se vautrer n'importe quand, et pour Joy depuis peu, ce foutu dentier qui déformait sa bouche ainsi que ses mots. Même si la vieillesse avait tout englouti, enfermée leur passé dans un présent méconnaissable, même si le présent cachait le doux visage de ces jeunes et jolies qu'elles avaient été, même si tout était dissimulé dorénavant sous des plis d'amertume, lorsqu'on s'approchait, on pouvait y déceler dans leurs yeux, d'un bleu insolant, la lueur d'une folie ! C'est cette folie qui avait créé le groupe et avait fait d'elles les leaders de ces vieux et vieilles qui se transformaient la nuit en êtres libres. Cette folie encore qui avait su donner une particularité, une cadence, un rythme, une existence.

La vieillesse n'était qu'une peau flétrie par le naufrage sans sauvetage du passé englouti, mais dans leur cœur pourtant résonnait fort la vie ainsi que ses éclats de rire ! Légèrement voûtées le jour, parfois aidées d'un déambulateur pour se déplacer, la nuit, elles relevaient leur poitrine et regardaient devant elles, droit devant, en foulant le sol de leur indifférence tout en attachant un soin méticuleux à choisir leurs vêtements cousus spécialement pour leurs soirées interdites.

Physiquement, elles se différenciaient par leur coupe de cheveux, Jenny les portaient courts, Joy les attachait d'un ruban rouge. En dehors du groupe, elles étaient deux femmes très respectées ; au sein du groupe, elles étaient les matriarches ; pour l'équipe médicale, elles n'étaient que de vieilles patientes qui tôt ou tard se retrouveraient dans l'arène de la Mort.

À la résidence Le Saule, il y avait toujours du mouvement : un macchabée la tête sous le linceul remplacé peu temps après par un autre, ou un accidenté partant aux urgences pour ne jamais revenir, ou bien subir une radio, un scanner, une dialyse...Parfois les J.J. étaient responsables d'accidents qu'elles déguisaient en fatalité.

Elles affirmaient que ce genre de choses à leur âge, arrive forcément, ce n'est qu'un détail parmi d'autres. Non, elles ne s'embarrassaient pas de ceux qui perturbaient le groupe...Les fouteurs de zizanie comme elles en parlaient, elles les apostrophaient à leur sauce ! Ceux et celles qui s'avisaient à balancer leurs activités aux professionnels (se moquant éperdument de ces révélations peu crédibles), elles n'hésitaient pas à raccourcir leur espérance de vie !

Les J.J. étaient à la tête du groupe depuis presque trois ans maintenant. Trois ans, ça peut paraître une éternité. Elles considéraient toujours le groupe comme leur bébé : elles l'avaient porté, nourri, fait vivre dans un endroit où tout semblait peu probable…

Anéantir leur création était impossible. C'est pour cette raison aussi qu'elles prenaient très au sérieux le recrutement. Même si au départ, il y avait eu quelques erreurs, le recrutement avait toujours été ordonné et bien organisé selon des critères bien précis. Elles fixaient un cadre, et tout fonctionnait à merveille ainsi, car jamais aucun membre ne les avait déçues !

Jenny et Joy alpaguaient le nouveau, le soir de son intégration, pour faire passer une série de tests dont elles seules détenaient le secret. Le premier contact se déroulait toujours dans la chambre du nouveau patient. Depuis toujours, elles commençaient la présentation par ces quelques mots d'introduction :

Avant de rejoindre notre dernière demeure, accordons-nous des libertés ! Ne soyons pas bêtes, des moutons comme ils veulent tous qu'on devienne ! Ne nous laissons pas faire par ceux qui exigent de nous notre silence en attendant le glas mortel qui sonnera à jamais la fin de notre existence ! Honorons la vie qui coule encore dans nos veines. Soyons libres et indociles ! Nous te proposons de rejoindre notre communauté. Acceptes-tu ?

À cette étape, les recalés étaient des gens qui ne bougeaient plus, ne parlaient presque plus, ou au contraire qui parlaient trop avec des propos décousus et incohérents.

Pour ceux qui passaient l'étape de la première sélection, des tests cérébraux et moteurs les attendaient au sous-sol, non loin du lieu des festivités. Elles pouvaient encore y déceler le vieux grincheux toujours en train de gueuler pour rien ; la vieille qui fait sans cesse des caprices pour tout. Des trouillards, des insatisfaits, des trop excessifs, tout ce qui peut saboter une communauté, elles les refoulaient d'emblée ! Elles affectionnaient tout particulièrement ceux qui possédaient le rythme nycthéméral (précisément celui qui fait dormir le jour et maintient éveillé la nuit). Ceux qui sont malléables et dociles, prédisposés à obéir sans rechigner mais ceux aussi qui aiment la fête, la liberté, être rebelles juste ce qu'il faut pour ne pas faire de vagues. Évidemment, posséder un minimum de neurones pour comprendre ce qui était permis était indispensable. Enfin, elles sélectionnaient toujours des vieux qui marchaient sans assistance, même si quelques déambulateurs étaient autorisés.

Il y avait aussi la religion : *Être athée ou agnostique, l'un ou l'autre, c'est pratiquement la même chose*, indiquaient-elles. Appartenir à aucune religion ; aucun Dieu ne devait s'introduire dans leur communauté. A quoi bon s'en remettre à Lui pour atténuer les épreuves de la vie ? Elles affirmaient n'avoir nullement l'intention de poursuivre un autre chemin ailleurs avec leur vieille carcasse rouillée ! *Ça serait vraiment indécent de continuer à déambuler de cette façon ! Notre âme mérite bien le repos éternel avec tout ce qu'on a vécu ici-bas !* clamaient-elles.

Leur souhait : voir le groupe perdurer longtemps, bien après leur mort. Celui qui était sélectionné devait ainsi posséder une intelligence capable de brouiller les pistes la journée, devant l'équipe soignante. Il devait emprunter un air absent, un regard fixe, embué, brumeux, avoir les yeux presque vitreux derrière lesquels on devinait les comprimés pris à heure fixe, être capable de ne plus reconnaître sa famille, et ces quelques amis curieux qui s'étonnaient du changement. Montrer que la vie n'avait plus d'importance à l'image de cette bouche famélique dépourvue de motivation à l'approche de cette cuillère débordante de nourriture terrestre !

L'autonomie devait disparaître peu à peu de leur anatomie. Le jour, il fallait adopter une attitude larvée. Les membres du groupe pionçaient la journée pour mieux être éveillés la nuit ! Sous les masques des apparences, le silence n'était qu'un leurre. Il fallait que tout paraisse sombre et inquiétant à l'image de ces longs couloirs imprégnés d'une putride odeur rappelant que la frontière avec la Mort, pourtant si douce et calme, n'était qu'à quelques centimètres, qu'à n'importe quel moment la ligne pouvait être franchie.

Montrer le squelette errant d'un fantôme égaré, simuler la fin bien qu'elle fût imminente n'étaient pas dans les capacités de tous…Les J.J. sélectionnaient des vieux capables de résister à la litanie médicale qui les assommait en permanence en les condamnant à être invisibles !

Les J.J. admettaient volontiers que la recherche médicale alimentait le progrès. Mais quelle idée de vouloir percer l'énigme de leur vieillesse ? Contrer les hommes de science ne servait à rien, ils détenaient le pouvoir et leur avouer d'arrêter leurs conneries n'aurait été qu'une perte de temps…Pour ceux qui n'appartenaient pas à leur groupe, certains continuaient à se rebeller contre leur enfermement, les autres se muraient dans un silence insondable…Le contraste était saisissant.

Les premiers jours, à la résidence, elles aussi, elles avaient imité certains de leurs congénères, en s'accrochant à cette bon Dieu de porte de sortie avec acharnement tout en gueulant avec agressivité *laissez-nous partir*.

Elles abandonnèrent très vite cette option. Avec le groupe, elles obtenaient davantage de réjouissances. Elles étaient libres à leur façon. Même si elles eurent un moment l'opportunité de s'enfuir, elles s'étaient ravisées. Pourquoi partir ? Pour aller où ? Leur famille aurait fini par les retrouver de toute façon. N'étaient-elles pas nourries, logées, soignées ? Une fois par mois, le coiffeur pour entretenir la coupe de leurs cheveux, la pédicure et l'esthéticienne, sans oublier les doigts athlétiques du jeune kiné qui réveillait avec brio leurs muscles endolories. Joy s'en était d'ailleurs amourachée ! Elle aimait ses mains posées sur sa peau flétrie. De temps en temps, il lui arrivait dans sa solitude drapée de penser à lui de façon plus prononcée…

Depuis trois ans, elles étaient heureuses, elles étaient à la tête d'un groupe qui leur témoignait une belle et indéfectible amitié ; elles pouvaient aussi compter sur l'aide d'un complice dévoué. Le groupe recensait une vingtaine de membres parmi les soixante pensionnaires de la résidence Le Saule.

3

La nuit est devenue opaque comme un épais brouillard. Le silence règne. L'odeur pestilentielle du jour s'estompe peu à peu. Il est temps de ranger le costume du squelette errant dans le placard. Les choses sérieuses vont commencer…

Le soir, l'équipe composée de deux astreintes débute sa tournée de médicaments à 20 heures précises. Depuis toujours, elle emprunte le même parcours, le rez-de-chaussée puis l'aile droite à l'aile gauche pour terminer au deuxième étage aux environs de 21 heures 30.

À 22 heures, les astreintes prennent en général leur repas, puis s'endorment peu de temps après. La nuit, seule l'équipe du soir est prête à intervenir en cas de problèmes ; elle a aussi pour mission de surveiller la résidence.

Sauf que pendant leur tournée, le complice du groupe entre dans la salle de repos située au rez-de-chaussée pour verser dans leur verre d'eau ou bouteille, parfois dans leur nourriture, des somnifères réduits en fine poudre inodore et sans aucun goût.

Cette mixture composée d'une pilule rouge (la plus redoutable appelée Xp09) mélangée à un autre neuroleptique est totalement incolore, se dilue dans l'eau extrêmement bien, dans la nourriture aussi, elle disparaît sans laisser de trace.

Ces pilules sont celles que l'équipe distribue aux résidents avant de s'endormir. Chaque membre du groupe les dissimule sous leur langue, les recrache ensuite pour fabriquer cette incroyable mixture.

Au début il n'avait pas été facile de trouver le bon dosage. L'équipe du soir s'était plainte de violents maux de tête et d'étranges symptômes qui leur donnaient la nausée au réveil. Le complice l'avait immédiatement signalé aux J.J. pour qu'elles trouvent un dosage plus subtil afin que le sommeil cataleptique, cette nuit sans réveil, paraisse naturel, et ne soulève aucune suspicion. Plusieurs jours avaient été nécessaires pour obtenir ce savant mélange. Les J.J se félicitaient d'être devenues des expertes moléculaires.

23 heures était en principe l'heure à laquelle l'équipe tombait de sommeil jusqu'à six heures du matin. Avant de préparer la soirée, le complice vérifiait toujours si les astreintes s'étaient endormies. Puis il tapait à la porte des J.J. pour les avertir ; elles prévenaient ensuite les membres du groupe tandis que le complice préparait les lieux…

Le complice, Eddy, un homme d'une soixantaine d'années, grand, filiforme, crâne lisse avec des cheveux blancs sur les côtés ; ses yeux noirs donnent de la profondeur à son regard d'une extrême gentillesse.

Son comportement est celui d'un homme discret. Il passe presque inaperçu malgré son mètre quatre-vingts. Sans lui, rien n'aurait été possible.

Les J.J. l'avaient rencontré peu de temps après leur intégration, lorsqu'il rendait visite à sa tante. Le lien s'était ainsi tissé, facilement, amicalement. Il avait participé aux discrètes conversations concernant la création du groupe. A la disparition de sa tante, il était revenu les voir pour leur annoncer de bonnes nouvelles : qu'il était prêt à les aider et surtout qu'il avait décroché le job à mi-temps à la plonge de la cantine tous les soirs de semaine et quelques fois les samedis. Un miracle pour les ambitieuses, une rencontre inespérée dont elles prirent conscience à quel point elle était précieuse pour la réussite de leur projet. Non seulement il travaillait à la résidence, mais il habitait en contrebas, dans le petit village perdu au milieu de vastes terres agricoles.

Au début Eddy comparait la résidence Le Saule à cette plaine des silences où les racines de la vie s'étiolent. Grâce à la création du groupe et à son implication, il était devenu plus optimiste. Il avait affirmé que les racines de la vie avaient repris une forme plus humaine. Il était fier de participer à cette belle aventure et prenait très à cœur son rôle. Il s'arrangeait toujours pour terminer le dernier en cuisine. La seule contrainte était pendant ses quatre semaines de congés durant lesquelles les festivités s'arrêtaient.

Pour les J.J., c'était un peu différent, il venait les chercher, il redoublait de vigilance à cause des astreintes au sommeil beaucoup moins profond que d'ordinaire. En dehors de ces tristes périodes sans soirée ainsi que les dimanches, le groupe sortait de la résidence dans un parc aménagé à proximité. Ou bien le groupe profitait de la fête organisée au sous-sol. Les membres du groupe pouvaient sortir sous l'œil attentif d'élus que les chefs avaient désignés au préalable. Trois élus qui animent et veillent sur le bien-être de tous.

L'un surveille la soirée, un autre est à l'extérieur, le troisième accompagne. Chaque jour, les rôles changent. Deux hommes, une femme, des êtres aussi fiables que des machines…

Éloignée du cœur névralgique, à l'autre bout, loin de la salle des astreintes, une pièce au sous-sol abrite la fête. Il n'y a pas de chambres à ce niveau, juste un vestiaire très peu fréquenté (fermé la nuit), les autres pièces sont utilisées pour les archives ou le rangement de divers matériaux.

À l'intérieur de la pièce réservée aux festivités, il y a un bien précieux, une chaîne stéréo qui permet d'écouter ou de danser sur du rock, reggae, heavy metal, de la trance goa, tous les genres sont acceptés...Un répertoire musical éloigné des Tino Rossi, Brel, Edith Piaf, Maurice Chevalier, Franck Mickael, enfin toutes ces chansons qu'on aime leur rabâcher les oreilles à longueur de temps, pensant les distraire ! Comme si appartenir à une époque déterminait les goûts musicaux...

Après avoir poussé quelques chaises et tables contre le mur, la piste de danse est prête à accueillir des corps étranges, envoûtés par des musiques aux sonorités disparates. Sur les tables sont déposés des amuse-gueules ou des plats cuisinés. Quelle joie de pouvoir enfin s'empiffrer tout en s'exprimant ainsi : *Rien à battre du cholestérol, du diabète, de toute cette vermine prolifique qui vient ternir les bilans sanguins ! N'y a-t-il pas des cachets pour ça ?! De toute façon, on s'en fout de la mort. La Mort, ce n'est pas dégueulasse, ce qui est dégueulasse, c'est leur bouffe infecte qu'ils nous servent sans aucun scrupule ! Sans compter, avec ce qu'on nous donne, on a la dent creuse !*

La nourriture provenait en général du restaurant d'un ami à Eddy qu'il aidait en cuisine le midi, trois fois par semaine. Avec ce qu'il ramène, il peut préparer des plats chauds ou froids. Le restaurant est situé à une quinzaine de bornes de la résidence, et à une dizaine de kilomètres de la plus grande ville du département comptant près de vingt mille habitants où les J.J. passent parfois leurs soirées jusqu'à quatre heures du matin.

En plus de la nourriture et du vin, Eddy apporte de la marijuana pour permettre aux fêtards de planer !

Leur monde devient alors plus léger, ils oublient ainsi ce qu'ils sont devenus, des exclus de la société qu'on laisse crever dans un coin ! Il paraît même que leurs foutus rhumatismes disparaissent miraculeusement. Et puis, tant pis pour la dépendance, la Mort de toute façon s'invitera bientôt. Il n'y a aucun détecteur de fumée dans la salle, pour le côté pratique.

Pour ceux qui veulent sortir, à côté de la fête, il y a une porte qui permet d'accéder directement au parking, le groupe l'emprunte pour rejoindre le petit parc aménagé à proximité.

Dehors ils flânent en remplissant leurs poumons d'oxygène. Ils s'allongent parfois dans l'herbe en regardant le ciel où les étoiles scintillent dans leurs yeux embrumés. Pendant quelques heures, ils retrouvent une forme de liberté, en riant lorsqu'ils évoquent leur compagne de chaque instant, la Mort qu'ils aiment défier gaiement. Ils se sentent vivants.

Les J.J. participaient rarement aux festivités. Elles prenaient la voiture, Eddy les conduisait jusqu'à la plus grande ville, à plus de trente bornes de la résidence où elles erraient comme des anonymes, parfois elles allaient rendre visite à leur amie Carmen.

Personne n'aurait pu soupçonner qu'une ambiance aussi singulière puisse exister dans un lieu aussi fermé.

Le groupe s'était construit avec le temps, certes, tout ne s'était pas fait du jour au lendemain : organiser les recrutements, faire des choix stratégiques, trouver des complices et un lieu pour abriter les festivités...

Aujourd'hui elles affirmaient que tout se passait comme elles l'avaient imaginé. Jamais aucun incident n'avait perturbé le groupe. Il n'y avait aucune raison pour que ça s'arrête subitement, du moins tant qu'elles étaient en vie.

Pourtant comme un orage qui fend brusquement un ciel sans nuages, des évènements allaient surgir inattendus, bousculant la vie du groupe sans que personne ne l'ait prévu. Personne.

4

J'arrivai à la résidence Le Saule le jour de mon soixante-seizième anniversaire.

En cette fin d'après-midi d'automne, accompagné de mon tuteur, je posai mes deux valises de souvenirs de toute une vie amoncelés à la va-vite à l'intérieur de cette chambre d'à peine 12 m² aux rideaux tirés, un peu épais et jaunis.

Contre le mur, un lit et autour de moi un vide qui résonnait intensément comme un cri de désespoir. Personne ne semblait m'entendre. Personne.

Sur mon dossier validé était inscrit en lettres capitales à l'encre rouge, un mot, un seul qui avait provoqué mon immense désarroi : **ADMISSIBLE**.

Avant cette malheureuse histoire, j'habitais un joli appartement au centre-ville. Avec mon épouse, j'avais acheté un trois pièces au premier étage, quand les prix étaient encore abordables aux ménages les plus modestes. Avant, j'étais conducteur de trains et ma femme, employée au service administratif d'une entreprise de textile.

Nous étions heureux, malgré l'absence d'enfants que nous n'avions pas eu la chance d'avoir, à cause de ma stérilité.

A la mort de ma femme, ma nièce que je considérais comme ma fille me proposa d'habiter avec sa famille, à l'étranger *Tu verras, tu seras bien avec nous*, avait-elle insisté.

Je ne sais pas ce qui me poussa à refuser, un mélange de peurs accumulées, peur de l'inconnu, peur de perdre mes repères ou ces nombreux souvenirs que j'avais accumulés au fil des ans. Quoi qu'il advienne, j'avais décidé de continuer mon existence là où je l'avais construite.

Contrairement à ce que certains pensaient, la solitude ne m'atteignait pas, mais inconsciemment, je devais la projeter sur les autres comme un mal être indescriptible. Car j'ai beau chercher le moment où tout a basculé, je n'arrive pas à comprendre comment toutes ces histoires ont pu tourner aussi tragiquement.

Chaque jour, j'avais un tas d'activités différentes qui remplissaient allègrement mes journées, sans voir le temps passer.

J'adorais construire des maquettes de trains, j'aimais aussi sortir pêcher les après-midis. Depuis peu, je faisais des balades avec Brigitte que j'avais rencontrée grâce à une annonce que j'avais déposée dans un journal local. Nous aurions peut-être un jour emménagé ensemble, si je n'avais pas eu toutes ses peines accumulées qui provoquèrent ma chute. Les responsables, mes voisins qui s'installèrent un mois d'été, sans que je n'y prête guère d'attention.

Pourtant, dès les premiers jours, ils projetèrent sur moi une sorte de haine ou de mépris - je ne sais pas ce que je leur évoquais précisément, pour que cette violence jaillisse si brusquement ? Je m'en veux maintenant de n'avoir rien vu, rien dit, ni même de ne pas avoir su me défendre correctement...

Je crois que je leur inspirais une sorte de fragilité, une faiblesse dont ils abusèrent sans ménagement en me cherchant des noises, en me bousculant, en me dérangeant, en faisant du bruit certains soirs de semaine et de week-end et bien d'autres évènements insensés qui me font aujourd'hui atterrir malgré moi dans cet endroit insalubre.

Comment cette histoire avait-elle débuté ?

Un jour, ils m'avaient lancé une phrase insensée parmi d'autres, qui aurait peut-être pu m'éclairer quant à leurs futures viles intentions, *tu dois avoir un truc qui ne tourne pas rond chez toi, ce n'est pas normal de vivre seul.*

Évidemment, cette remarque que je trouvais idiote comme toutes les autres d'ailleurs, ne m'atteignait guère, car je continuais à faire comme s'ils n'existaient pas, ça devait certainement les énerver, mon indifférence feinte en permanence.

Mais je ne voulais pas m'introduire dans leur colère. Je n'en avais d'ailleurs jamais parlé à ma nièce. Je m'entêtais à garder le silence. Oui, le silence, il me semblait que c'était l'arme la plus efficace face à la tyrannie.

L'ambiance était devenue pourtant exécrable. J'évitais de sortir en même temps qu'eux, je me cachais quand je les voyais dans la rue, je changeais de trottoir, je me faisais discret. Je devais croire que tout finirait par s'arranger.

J'avais foi en l'humanité. L'humain finit toujours par choisir la raison et l'intelligence, je me répétais inlassablement comme une prière *ils finiront bien par partir*, surtout lorsque certains soirs, leurs cris envahissaient l'espace intime de ma chambre.

Hélas rien ne s'arrangea.

Un an passa, et c'était bien mal connaître la nature humaine, et sa fascination presque aussi grande d'admirer la réussite d'un homme que celle de le voir sombrer.

Ma vie devenait enfer. Mes voisins étaient de petites vermines que personne ne souhaitait d'ailleurs approcher, ni même contrarier.

Pour couronner le tout, leurs mioches qui faisaient des blagues débiles sous l'œil complice de leurs parents…

Un jour, excédé par le comportement d'un des gamins, ma patience m'échappa. Tous ces moments de retenues forcèrent l'énergie que je mis dans ma main au moment où elle se posa sur le visage grassouillet du jeune.

Le rouge sur son visage aux yeux ébahis marqua le début de ma défaite.

Instantanément je m'en voulais, d'avoir projeté ma colère sur un de ces enfants alors que les seuls responsables étaient ses parents qu'il aurait fallu d'abord corriger. J'avais l'impression d'être lâche. J'avais un peu honte, mais je n'eus pas le temps de regretter, car à cet instant précis, mon calvaire prit des proportions inimaginables.

Ils portèrent plainte. Ils continuèrent à projeter leur haine de plus en plus grande. Elle allait prendre une intensité que je n'avais pas prévue.

J'avais commencé à en parler aux habitants de l'immeuble pour obtenir un peu de soutien, mais à mon grand désespoir, tout le monde se réfugiait dans le silence.

Un silence complice, un silence d'indifférence, un silence qui m'enfermait davantage dans ma solitude. J'étais seul à les combattre, et je crois pouvoir affirmer maintenant que le combat était déjà perdu d'avance.

Leur haine augmenta. Ils ne me lâchèrent plus. J'étais devenu une cible dont le sort était de succomber sous leurs coups.

Six mois passèrent. Période durant laquelle je me cramponnais avec acharnement à l'espoir que tout se termine et qu'ils s'en aillent. Six mois, ça passe vite, et pourtant pour moi, c'était une éternité. J'étais, je l'avoue, sur les nerfs, je devais gérer mes tensions, je n'avais pas envie de me laisser faire.

Pour la première fois, durant cette période, je commençais à répliquer, à rebeller, à me défendre. J'avais l'impression de devenir fou.

Au moment où l'idée de vendre mon appartement surgissait, c'était trop tard, le deuxième incident à l'encontre d'un des enfants me condamna. Le jour où l'aîné dévala les quelques marches du hall d'entrée, c'était en effet de ma faute.

Excédé par son insolence, ses remarques blessantes, cette façon qu'il avait de me bousculer, je l'ai poussé violemment sans faire attention aux marches qui étaient à côté et qui lui ont valu d'aller faire un bref séjour à l'hôpital. Il reviendrait avec une cheville dans le plâtre tandis qu'on m'enfermait pendant quelques jours, me gavant de médicaments et me posant des questions auxquelles je ne trouvais aucune réponse convaincante.

Un diagnostic accompagna ainsi ma chute. Un diagnostic de quelques lignes qui indiquait que l'enfer allait se poursuivre ailleurs.

Lorsqu'ils prononcèrent à l'unanimité cette phrase *il faut le placer dans un établissement médicalisé pour personnes âgées qui l'aidera à mieux vivre sa maladie,* tout autour de moi s'écroula comme un château de cartes.

Ma seule véritable maladie, je le pense ainsi sincèrement, celle qui me fait aujourd'hui poser mes valises dans cette chambre, est la volonté de ces êtres vils, ces gens qui se sont acharnés de façon insensée à m'ôter ma liberté !

J'étais viré de chez moi comme un délinquant. Cette décision si injuste me provoqua une douleur incommensurable dans laquelle je me laissai glisser sans pouvoir réagir.

Au moment du verdict, c'est en homme abattu que j'apparaissais. Toute une vie à marner pour finir dans un lieu imposé semblait être la plus sévère des punitions que j'eus à connaître dans mon existence. Et mon appartement, lieu de tous mes souvenirs, serait vendu pour payer les loyers de cette nouvelle demeure.

Avant de m'y conduire, je fus autorisé à rentrer chez moi, une dernière fois, pour rassembler quelques effets personnels.

J'étais accompagné d'un tuteur qui ne me lâchait plus d'une semelle. Il y avait de quoi avoir les nerfs. Je ne maîtrisais plus rien. Ma vie ne m'appartenait plus !

Cependant en rangeant mes affaires, je songeai immédiatement à mon pactole, à mon passeport aussi, dissimulés sous mon matelas que je pris soin de prendre avec moi et de ranger discrètement dans mes valises, lorsque le tuteur était en train d'envoyer des messages sur son téléphone portable.

Je pris aussi le carnet d'adresses sur lequel le numéro de ma nièce était inscrit. Je devais la contacter dès que possible. Il n'y avait qu'elle, pour me sauver de ce sort insupportable. Elle serait le seul lien avec l'extérieur. Mon seul espoir. Ma raison de vivre et de me battre.

Car je voyais déjà les choses ainsi, que mon passage dans cet établissement ne serait que provisoire.

C'est à ce fol espoir que je m'accrochais lorsque je mis les pieds dans cette résidence. Le moral plombé certes, le visage fermé, désespéré, amaigri, un visage marqué par la fatigue, par des nuits d'insomnie, par la prise régulière de médicaments.

Les bruits nouveaux que j'entendis ce jour-là provoquèrent instantanément des tremblements irréguliers dans ma main droite. Mes jambes ne semblaient plus me porter. Tout mon corps émettait d'étranges vibrations. J'étais tétanisé par la peur. Le mal-être continuait à ronger tout mon corps.

Lorsque j'entrai dans cette grande pièce aux lumières artificielles où certains résidents me fixèrent d'un air terrifiant, j'avais failli chavirer. Dorénavant, j'avais une seule obsession : FUIR ! En voyant s'approcher lentement ce vieillard à l'allure incertaine dans la salle commune, les J.J. n'imaginaient pas un seul instant, qu'elles posaient leur regard sur celui qui allait bousculer la tranquillité du groupe et de la résidence…

5

— Dépêche-toi. On va être en retard ! cria Jenny.

Joy était enrhumée depuis une semaine, depuis la nuit où elle avait zoné insouciante (inconsciente, affirmait son amie Jenny) – sans veste dans la grande ville, à une heure du matin. Malgré un été indien exceptionnellement beau ; la nuit, le fond de l'air était frais.

Pour Jenny, c'était tout le contraire, elle s'habillait toujours plus. Elle craignait sans cesse de réveiller ces rhumatismes qui lui tordaient depuis une décennie, quelques-uns de ses membres. En s'emmitouflant, elle avait l'impression d'avoir trouvé un remède qui atténuait cette souffrance aiguë et exigeante dont elle voulait épargner à ses os le contact avec ce qu'ils détestaient le plus.

Depuis son arrivée, son état était stationnaire. Elle pensait que le chauffage y était pour beaucoup, jamais moins de 22 degrés dans l'enceinte de l'établissement, et lorsqu'elle sortait, elle veillait à conserver cette chaleur bienfaitrice. L'état fiévreux de Joy ralentissait considérablement leur futur entretien de ce soir.

A chaque fois qu'elles rencontraient un nouveau pour savoir s'il serait un des leurs, les minutes étaient comptées, car elles ne faisaient jamais l'impasse sur leur sortie. Ce soir, elles allaient interroger Raymond chambre 110.

*

J'entendis un bruit contre ma porte au moment où je fermais l'armoire à l'intérieur de laquelle j'avais rangé quatre liasses de vingt billets chacune (une liasse de 500€, une liasse de 100 € et deux liasses de 200€). Grâce à quelques outils que j'avais dissimulés dans une doublure de ma valise, j'avais fabriqué une cachette pour planquer mon oseille derrière mes vêtements.

À l'intérieur d'une armoire de vieilles fripes, personne ne trouverait mes billets, tandis que sous le matelas, c'était devenu plus risqué.

Lorsque d'autres coups retentirent, plus forts encore (j'avais heureusement pris soin de verrouiller la porte à double tour), je restai immobile. Seul avec les battements accélérés de mon cœur qui remplissaient tout l'espace. Ce n'était tout de même pas le neuroleptique que j'avais gentiment gobé qui provoquait des hallucinations. Non, certainement pas. Je continuai à m'approcher lentement, en essayant de ne pas frotter les semelles de mes pantoufles sur le sol en lino, je m'aidais d'une main appuyée contre le mur, j'avançais doucement, car j'étais plongé dans l'obscurité.

Arrivé devant la porte, je collai mon oreille. Je pus distinguer une voix qui murmurait quelque chose comme : *il va se réveiller, ils ne donnent jamais d'Xp09 les premiers soirs au nouveau, ils attendent toujours quelques jours pour connaître le patient* !

Je ne comprenais pas grand-chose à leurs mots…

Je me demandais qui étaient ces vielles s'autorisant à taper contre ma porte à une heure aussi tardive ? Cet après-midi, n'avais-je pas vu que des pensionnaires qui n'attendaient plus rien de la vie, même pas un souffle ?

Certains me faisaient penser à des alligators la bouche entrouverte attendant la Mort comme l'animal guette sa proie. D'autres avaient les yeux enfoncés dans leurs orbites, ils semblaient déjà morts !

Le contraste ne m'avait pas échappé, il y avait des vieux plus dépendants et malades que d'autres, certains gueulaient leur mal-être, d'autres avaient le corps ramolli par l'inactivité. Tous se côtoyaient dans une détresse similaire.

Il y avait les silencieux, de l'autre, les fous donnant des coups de pied à la porte de sortie, comme ceux qui résonnaient dorénavant à l'intérieur de ma chambre.

L'état fébrile de Joy accentuait sa mauvaise humeur : *Allez ouvre ! On veut te parler ! T'es sourd* ?!

Jenny chuchota : *c'est peut-être qu'il est sourd, le vieux ?!*

A cet instant j'ouvris la porte, curieux de savoir qui se cachait derrière. La lumière de leur lampe de poche éclaira violemment mon visage. Je mis instantanément ma main devant mes yeux éblouis. J'avais cédé aussi pour calmer ces deux étranges créatures qui apparaissaient avec détermination devant moi.

Avant qu'elles prononcent quoi que ce soit, avec une pointe d'ironie, je lançai un :

— Vous vous êtes égarées, mesdames !

— C' pas trop tôt !? Rudoya Joy, en touchant sa bouche comme si elle retenait quelque chose qui allait tomber.

— Pas question d'entrer ! Vous me laissez dormir, sinon j'appelle les surveillants! hurlais-je

Elles se regardèrent, me regardèrent et éclatèrent de rire. Un rire diabolique qui résonna comme un frisson le long de ma colonne vertébrale. Je reculai, un peu décontenancé, mais bien déterminé à ne pas les laisser entrer !

— N'est-il pas mignon !? Mon brave p'tit, tu parles des deux infirmières qui nous surveillent.

Et bien voyons, elles dorment aussi bien que toi quand tu seras six pieds sous terre ! Tu peux gueuler tant que tu veux, t'en perdrais tes cordes vocales !

Leur intention n'était pas de révéler quelques secrets bien gardés de la résidence - qu'aucune alarme ne fonctionnait la nuit par exemple - ou bien que la caméra à l'entrée censée dissuader les rôdeurs n'était qu'un leurre.

— Ça va pas être facile, prononça Joy avec un souffle haletant, tout en continuant avec la lampe torche à éclairer de bas en haut la silhouette du futur sondé.

Devant moi, elles paraissaient si insignifiantes, mais leur comportement était tout le contraire. Elles avaient une incroyable énergie, très éloignée de ce que j'avais pu observer, cet après-midi.

Soudain mon corps vacilla, sans que je comprenne pourquoi, elles me poussèrent pour se frayer un chemin à l'intérieur de ma chambre.

Joy aussitôt appuya sur l'interrupteur de la lampe de chevet. J'étais impressionné par tant de vivacité. Pendant que je continuais à comprendre comment elles avaient réussi à venir jusqu'ici, à une heure aussi tardive ; elles s'installèrent, sans y être autorisées, chacune sur une chaise.

Soudain l'une d'elles m'ordonna avec une voix autoritaire de m'asseoir, je répliquai instantanément :

— Sortez !

— T'inquiète pas, on n'est pas ici pour te proposer un plan à trois ! Même si j'avoue que tu n'es pas mal conservé ! s'exclama Joy avec un regard libidineux qui me provoqua un profond dégoût.

Jenny débuta les présentations par son discours qu'elle connaissait par cœur pour l'avoir mille fois récité.

Au mot liberté, je les interrompis avec mépris, un de ceux qui j'espérais les ferait déguerpir :

— Je m'en fous de vos sornettes, allez recruter ailleurs ! Sortez ! Demain matin, j'en parle aux infirmiers !

— Encore un naïf ! se désola Jenny. Ici, tout ce qu'on dit est considéré comme des sornettes, des affabulations. Tu peux raconter ce que tu veux, mon vieux, personne ne te croira, encore moins des histoires aussi farfelues tirées d'une imagination déformée par des neurones en fuite ! Le contraire en revanche va se produire, tu vas aggraver ton cas !

— Bon t'es gentil mais tu n'vas pas nous interrompre toutes les cinq minutes. On a d'autres chats à fouetter ! s'irrita Joy en éternuant et en sortant un mouchoir brodé de sa poche pour essuyer avec une certaine élégance sa morve sur le visage.

— Je vous ai dit de partir ! insistai-je avec une colère vrombissante.

— Eh mon vieux, on termine ce qu'on a à dire, et après on décidera de ce qu'on fait de toi ! gueula Joy de plus en plus énervée.

Je me raidissais. Je venais d'avoir une vision morbide qui me conduisait tout droit aux rubriques « faits divers et nécrologique » d'une presse locale avide d'histoires sordides avec comme titre : *Un vieux meurt sauvagement sous les coups de mystérieux agresseurs* ou encore *Un règlement de compte meurtrier dans une maison de retraite*. Nul ne savait comment les évènements allaient tourner…

Pour m'épargner une mort glauque relayée dans les brefs d'un journal local, je décidai donc d'attendre qu'elles terminent ce qu'elles avaient de si important à dire. Une fois leur discours terminé, elles partiront, avais-je pensé. Après tout, n'avais-je pas enduré pire que ça, ces derniers temps. Alors, j'attendais, j'attendais, mes yeux bougeaient nerveusement, je les levais fixant le plafond comme si j'invoquais le bon

Dieu, j'étais impatient, agacé, tournant ma tête à droite, à gauche.

Soudain, elles me posèrent une question à laquelle aussitôt je me souviens avoir répondu d'une voix enrouée *Je m'en fous comme d'une guigne, cassez vous d'la.*

6

Adossé contre la Ford, Eddy attend ses protégées en fumant une cigarette. En les voyant s'approcher avec leur mine déconfite, il comprend qu'elles ont passé un sale quart d'heure.

— On se casse ! ordonna Joy. Tu t'es occupé des deux ?

— Oui, je les ai installés dans la chambre du mort de la semaine dernière !

— On va devoir les séparer ces deux. Ça fait trop longtemps que ça dure leurs amourettes !

— Laisse-les vivre encore quelques instants de plaisirs ! La vie se chargera de les séparer bien assez tôt ! répliqua Jenny

— Ils ne peuvent pas faire comme les autres…Est-ce que je fais la même chose, pourtant, ce ne sont pas les occasions qui manquent ! marmonna Joy en se mouchant bruyamment.

— La dernière fois chez Carmen, avec le nouveau, tu ne vas pas me dire que vous vous racontiez que des histoires !

— Rien ! Tu sais bien avec mes rhumatismes, je ne fais plus comme je veux, lança Joy qui semblait regretter de ne plus être aussi jeune.

Pendant qu'Eddy conduisait, elles sortaient toujours leur valise.

À l'intérieur, il y avait des vêtements réservés exclusivement à leurs sorties nocturnes. C'était uniquement des hauts que Jenny avait un peu arrangés grâce à ses talents de couturière, un métier qu'elle avait exercé toute sa vie. Elle avait conservé une certaine dextérité, malgré l'arthrose qui lui déformait les doigts, ralentissait ses gestes, la faisant par moments atrocement souffrir. Joy aimait le maquillage, jadis elle forçait le trait, le trait de mascara, le trait d'ombre à paupières, maintenant elle se contentait d'un rouge sur ses lèvres de moins en moins charnues. Lorsqu'elles déposaient derrière leurs oreilles une goutte de parfum, pour Jenny, c'était la senteur du jasmin, pour Joy, l'épice de la vanille, la rencontre des deux parfums embaumant l'air, lançaient ainsi le signal comme pour dire *nous sommes prêtes*.

Ce soir, pendant le trajet, elles avaient ressassé ce rendez-vous qui ne s'était pas si bien déroulé. Elles n'avaient jamais rencontré un vieux aussi acrimonieux, teigneux et irrespectueux. Avec tout le pouvoir qu'elles avaient obtenu depuis le fameux jour où elles avaient redonné vie à cet endroit lugubre, elles n'avaient jamais imaginé qu'on puisse leur parler de cette façon, d'une façon aussi brutale. Ça n'avait jamais existé une rencontre aussi inconvenante !

Elles se demandaient si ces prochains jours il n'allait pas ravaler son insolence ce vieux rabougri, une petite chute dans les escaliers pouvait tout aussi bien lui remettre les idées en place !

Mais avant de prendre une quelconque décision, elles voulaient consulter Carmen ! Cette femme était extraordinaire. Elles l'avaient rencontrée un soir dans un bar d'une connaissance à Eddy. Ce soir-là, Yvette qui préférait qu'on l'appelle Carmen, venait y fêter ses soixante ans.

Avant, elle habitait la capitale où elle avait tenu un bistrot pendant vingt-cinq ans ; au moment de prendre sa retraite, elle avait tout plaqué pour venir habiter ici, à la campagne dans un coin retiré à proximité d'une ville de vingt mille habitants.

Les très grandes villes, c'est plus pour moi, avait-elle avoué le premier soir, *les mentalités ont changé, ce n'est plus aussi festif qu'avant, les jeunes sont agressifs, capricieux, il faut tout faire*

comme ils veulent, tout leur est dû. Ici au moins,
personne ne me dit ce que je dois faire, je peux
organiser mes fêtes comme je veux.

Elle possédait une maison entourée par une
végétation dense ; ses premiers voisins étaient à
plus trois kilomètres ! Idéal pour faire du boucan
à n'importe quelle heure, n'importe quel jour sans
avoir la crainte de voir débarquer les flics. Dans
cette grande maison bourgeoise à deux étages
résonnaient des sons hétéroclites. En général les
soirées commençaient le vendredi pour se
terminer le lundi matin.

Au sous-sol, il y avait un espace détente : spa,
piscine chauffée et hammam. Au premier étage,
une salle réservée aux joueurs de poker ; au
deuxième, un lieu pour danser et un bar géré par
le compagnon de Carmen. C'était un peu comme
la maison du bonheur ouverte à tous ceux qui
voulaient se détendre ou faire la fête. Tous ceux
que Carmen appréciait, étaient conviés, et les J.J.
pouvaient venir quand elles le désiraient.

Dans ces soirées, il y avait les habitués, parfois
des nouveaux aussi, mais toujours des personnes
recommandées pour peupler l'espace de cet
ancien claque, il y avait un vigile à l'entrée…Le
coin paumé permettait la tranquillité, un luxe que
Carmen s'évertuait à conserver et à partager !
Jenny et Joy venaient s'y ressourcer, se détendre,
s'y dépenser, et parfois solliciter le don que leur
amie mettait à disposition de tous ceux qui

s'interrogeaient sur l'avenir. Carmen avait beaucoup d'affection pour les J.J. ; elle les considérait comme de sacrées farceuses qui avaient réussi à se libérer d'un endroit sordide en créant un univers en parallèle. Toutes s'admiraient, c'est ce qui définissait leur lien, cette belle amitié.

Pour Jenny et Joy, Carmen représentait la femme entièrement libre qu'elles auraient tant aimé être. Leur amie possédait aussi ce don extraordinaire dont elles étaient fascinées et qu'elles venaient ce soir solliciter…

Lorsqu'elles franchirent le grand portail en bois de l'imposante demeure d'où émanaient des bruits disparates, elles voulaient savoir comment se comporter avec ce nouveau qu'elles venaient tout juste de rencontrer.

*

La pluie s'abat violemment contre les volets de ma chambre comme si des créatures terrifiantes voulaient s'y introduire. Une douleur aiguë en bas du dos m'empêche de me redresser, je parviens tout de même après quelques efforts renouvelés à allumer la lampe de chevet, puis quelques minutes après, je réussis à m'asseoir sur le lit.

Je fixe le mur devant moi. Je pense soudain à tous ceux qui ont dû lâcher leurs sphincters sur ce matelas. Combien de morts ?

Un sentiment d'horreur comprime mon cœur ; au même moment le tonnerre déverse sa colère dans le ciel.

Il y a encore peu, cet enfer aurait été impensable.

Depuis mon internement, la spirale n'avait cessé de m'entraîner vers le fond. J'avais cette sensation que je ne maîtrisais plus rien, que tout était fini, que j'avais tout perdu même l'espoir de m'en sortir. Au début, j'avais cru à un mauvais rêve, juste éphémère, j'allais me réveiller tôt ou tard. Je me voyais chercher un autre appartement, pour fuir ces voisins que je voulais oublier, mais comment pourrais-je à présent les oublier ? Ma réalité était terrifiante, et je ne pouvais pas oublier que c'était à cause d'eux. Atterrir ici ne faisait partie d'aucun plan, jusqu'à ce que le diagnostic tombe, sévère et sans compromission. Tous ces évènements précipités m'ont terriblement affecté.

A quoi ressemble cette vie ? Je mange peu, je dors peu malgré les calmants censés détendre mes nerfs, mes angoisses s'estompent uniquement lorsque la fatigue m'assomme. Ma vie aux côtés de ces vieux malades d'un mal incurable me donne la nausée. Tout ressemble à une tragédie. Cette odeur entêtante, une sorte de mélange de mort et de produits chimiques qu'ils balancent partout comme des pesticides, me vrille le cerveau.

Cette odeur, je la sens s'incruster dans cette chambre avec vue imprenable sur le parking et le cimetière. Bientôt, j'en suis sûr, elle viendra se coller sur mes vêtements, sur mes cheveux, s'introduire dans chaque centimètre carré de ma peau ! Je tente de ralentir mon rythme cardiaque. Je cherche le calme et je repense au numéro de téléphone de ma nièce. Dès demain, je l'appellerai de la réception, le téléphone de ma chambre ne fonctionne pas ; à chaque fois, ça sonne occupé. Je réglerai le problème dès mon réveil, un coup de fil devrait suffire.

Le vent se met à hurler. J'éteins ma lampe, je ferme les yeux, malheureusement tout ce que je vois défiler, ce sont les images de cette première journée.

Je me souviens de cette bonne femme désagréable m'ordonnant de déposer mes affaires dans cette armoire où tant d'autres les ont rangés avant moi.

Malgré mon autonomie qui me permet de faire ma toilette sans assistance, elle m'a énuméré un certain nombre de consignes ; la plus insensée, celle de mettre une couche pour la nuit.

D'un air railleur elle m'avait sermonné : *Ici les couches, c'est obligatoire !*» en ajoutant avec un ton catégorique *Hors de question, qu'on lave les draps tous les jours. Ils sont changés une fois par semaine. Alors, si vous les tâchez, vous savez ce qui vous attend* !

Étrange accueil avais-je songé instantanément, et puis que penser de ces créatures qui venaient de s'introduire dans ma chambre à une heure aussi incongrue.

J'avais eu l'impression de m'être retrouvé dans un univers surréaliste, dans un film de science-fiction ou d'horreur avec deux silhouettes frêles aux masques abîmés tenant le premier rôle.

Il manquait plus que l'atmosphère enfumée pour créer un décor plus glauque encore ! Ces étranges créatures étaient venues défendre leur petite « entreprise», une sorte de secte, avais-je considéré, dont je ne captais ni le but, ni ce que j'aurais bien pu y faire.

Comment avaient-elles réussi à venir jusque dans ma chambre, alors que j'avais observé depuis mon arrivée en ces lieux glauques et sinistres que des gens malades, chétifs et grabataires ?

Heureusement je ne serai jamais comme eux, il y avait une erreur de diagnostic. Les mots *liberté, libération, libre* résonnaient fortement en moi, et j'en oublierai vite la mésaventure avec ces deux que je ne reverrai certainement plus. Je repensai de nouveau au carnet d'adresses que j'avais si précieusement gardé à mes côtés ; seule ma nièce pouvait me tirer d'ici. L'an prochain j'espérais que ce séjour dans cette résidence ne soit qu'un souvenir !

Pour l'heure, les aiguilles de l'horloge tournent, tournent beaucoup trop lentement. Comme tous les soirs depuis mon internement, je suis impatient, comme tous les soirs, je sais que je vais dormir deux à trois heures seulement.

Quatre heures, l'heure à laquelle je m'endormais ; l'heure à laquelle les J.J. revenaient de leur virée nocturne. Ce soir après les révélations de Carmen, elles étaient plutôt contrariées. Lorsqu'elles arrivèrent à la grande maison du bonheur, leur amie n'avait pas été préparée à ce qui allait suivre. D'ailleurs, elle se prélassait tranquillement dans son spa avec une coupe de Champagne. Mais en les voyant arriver avec des mines tendues, avec cet air sérieux qui refuse de s'amuser, elle avait compris ! Sans se faire prier, elle était sortie du jacuzzi.

C'est le nouveau, lancèrent immédiatement les deux amies. Elle avait juste eu le temps de se sécher et d'enfiler sa robe rouge satinée. Puis elles s'étaient dirigées vers la pièce dédiée à ses facultés spirituelles ; au préalable, elle avait entouré ses épaules d'un châle noir, allumé quelques bougies sur le meuble en face du canapé en velours rouge. Dans cette pièce régnait une atmosphère étrange, comme habitée.

Avant de débuter chaque séance, elle professait quelques incantations afin d'interpeller avec respect les esprits bienveillants. Une fois terminée, les deux amies pouvaient s'asseoir autour de cette table ronde recouverte d'un tissu orné de signes cabalistiques. Carmen commençait à dérouler les cartes avec des figures et des symboles énigmatiques. Au-dessus, un lustre diffusait une lumière tamisée. Des bribes d'avenir allaient sortir de ces cartes mystérieuses pour sceller le sort du nouveau.

Après une heure d'intenses méditations, Carmen avait arrêté ses prédictions qui, malheureusement ne firent que rajouter de la lourdeur aux esprits des deux déjà bien soucieuses.

Depuis qu'elles s'étaient installées dans la voiture, Eddy ne cessait de les écouter ressasser cette séance qui ne les avait pas tellement aidées à trouver des solutions. Elles semblaient maintenant déroutées, ne sachant plus quelle attitude adopter.

Avec cette carte, je vois un voyage, un voyage lointain ! Un chamboulement, un tournant, quelque chose d'étonnant ! Ce vieil homme avec qui vous avez parlé, le nouveau, il a de bonnes vibrations, vous ne devriez pas vous en méfier. Il y a un autre chemin possible avec lui, à condition de le laisser entrer dans votre univers, avait proclamé Carmen sans douter une seule seconde de ses prédictions.

Puis elle s'était reculée comme si elle venait d'avoir une vision de trop, comme si elle avait vu planer une ombre inquiétante sur ses cartes divinatoires. L'inquiétude s'était exprimée sur son visage marquée par l'incandescence des lieux. Avec les cartes ainsi positionnées, elle avait pourtant vérifié deux fois ses prédictions, il y avait des évènements qui pouvaient mal tourner. À la fin pourtant, elle avait souri, en confessant, *tout devrait bien se terminer.*

À l'annonce de ces troublantes prédictions, plusieurs fois renouvelées, tout s'était écroulé comme un château de cartes, leurs certitudes vis-à-vis du don de Carmen, leur équilibre au sein du groupe, l'Avenir, tout semblait s'effriter, tout était devenu subitement incertain et inquiétant.
Une autre vie dans un avenir proche, elles se répétaient, à l'arrière de la voiture. *Impossible, nous n'avons pas besoin d'une autre vie. Elle doit se tromper.* Comment ne plus croire en Carmen, elle qui avait toujours su voir juste ; admettre qu'elle se trompait dorénavant, c'était remettre en cause tout son talent qui ne les avait jamais déçues jusqu'à présent.
Eddy qui s'était tenu à l'écart brisa volontairement leurs inquiétudes en se montrant comme d'habitude rassurant :
— Ne vous abîmez pas les neurones pour si peu...Ne vous inquiétez pas, le groupe existera toujours, j'y veillerai !

Elles ignorèrent ses quelques mots, ceux de Carmen malheureusement martelaient trop fortement leur esprit. En partant, leur amie les avait saluées comme si c'était la dernière fois, ça aussi ce fut un moment troublant. Puis elle avait rajouté : *Prenez soin de vous*, en concluant bêtement comme un chaman débutant *Je vous en prie, restez soudées et tout se passera bien.*

Sept heures trente. Je me réveille en sursaut. Mes paupières sont lourdes, mes yeux mi-clos se posent sur le visage boursouflé et cramoisi de l'employée qui m'a accueilli la veille. J'émets un grognement en entendant sa voix autoritaire, la même qu'hier, prononcer ces ordres :

— Il ne faut pas oublier de mettre votre couche la nuit ! Vous avez eu de la chance de ne rien tâcher ! Dépêchez-vous de faire votre toilette, les infirmières arrivent dans une demi-heure.

Je voudrais répliquer, lui dire de la fermer, mais je suis incapable de prononcer un mot, à cause de ma bouche pâteuse. Je la regarde me punir ainsi sans rien dire, déposer quelques affaires sur la table, puis disparaître en claquant la porte. Je suis maintenant seul avec cette tête comme serrée dans un étau avec ce mal de crâne écrasant. J'essaie de penser à autre chose. Impossible, un seul mot accapare mon esprit : enfer. Oui, enfer encore cette journée, comme toutes les autres. Avec le très peu de courage qu'il me reste, j'essaie de bouger un bras, mais il ne réagit pas, je tente alors de lever une jambe, là non plus, aucune réaction. Mon corps reste immobile, inflexible ; mes membres sont engourdis. Je lève les yeux, puis je les referme, heureusement, j'arrive à les bouger, à les faire cligner, une, deux, trois fois. Pas de panique, je vais peu à peu reprendre possession de mon corps.

Une dizaine de minutes s'écoulent avant que je réussisse à sortir de ma paralysie, puis de mon lit. Mes pieds frottent le sol en linoléum, je parviens péniblement jusqu'à la salle de bains. Devant le miroir, je vois ce visage étranger, le mien pourtant, je ne me reconnais pas. Je vois un vieillard teint blafard avec des yeux fatigués qui brûlent sous des paupières gonflées par les médicaments, et des cernes noircis qui font des bosses. J'ai l'impression que je vais tomber, que je vais toucher le fond d'un territoire sur lequel je refuse de m'installer. Je veux continuer à me battre contre ceux qui figent mon existence. Ma vie d'avant, où est-elle ? Je voudrais hurler ma rage à la face du monde pour que cesse cette bataille que je livre à une armée de soldats invisibles. Je voudrais effacer les métamorphoses, les marques de désespoir.

Je tente d'approcher mes mains agitées vers le robinet, c'est incroyable l'effort que je dois surmonter pour y parvenir. Toutefois l'eau glacée finit par s'écouler ; je la retiens dans mes mains, je me penche, je m'approche. C'est comme une gifle cette eau sur mon visage, je refais le même geste encore une fois. J'éprouve presque du bonheur à sentir cette morsure sur ma peau ; je me sens vivant.

L'eau chaude presque brûlante ruisselle maintenant sur tout mon corps, ma peau change de couleur, elle devient rouge écarlate, tandis que l'angoisse s'évapore. Je reste quelques minutes sous cette pluie fine, sans bouger, cette chaleur humide me fait du bien. Je reprends des forces, un peu d'espoir.

Je sors de la douche, je me sens un peu plus léger. J'ai presque terminé de m'habiller lorsque soudain j'entends un bruit contre la porte qui me fait sursauter ; en même temps les produits chimiques déferlent violemment dans la chambre en prenant possession des lieux. Deux infirmières poussent un chariot de médicaments.

— Bonjour Monsieur Raymond. Nous allons faire quelques examens avant le petit déjeuner. Installez-vous sur cette chaise.

Je me fiche de leur examen, j'en ai marre de tout ça, surtout pour entendre un diagnostic aussi ridicule :

— Vous êtes un peu fatigué. C'est normal les premiers jours. Ne vous inquiétez pas, nous sommes ici pour vous accompagner dans vos difficultés.

Des difficultés ! Quelles difficultés ? Insensé, on est venus me chercher, on m'impose ce quotidien, et voilà qu'on m'accuse ouvertement d'avoir des difficultés. C'est incroyable ! Malgré ma colère, je protège mon silence. Pourquoi se faire remarquer lorsqu'on est si proche de partir ?! J'avale difficilement les deux comprimés sans montrer la moindre résistance. A leurs yeux, j'apparais détendu, alors qu'intérieurement ça bouillonne d'impatience.

L'une des infirmières annonce :

— Prêt pour le petit déjeuner. Vous pouvez sortir de votre chambre, Chloé va vous accompagner dans la salle à manger. Les autres jours vous irez seul. Bonne journée Monsieur Raymond.

Elles partent avec leur chariot de médicament ; l'une d'elles attend pour que je sorte. Je vais dans sa direction et aussitôt une jeune femme vient vers moi :

— Bonjour, je suis Chloé, élève aide-soignante, précise-t-elle. Suivez-moi, s'il vous plaît.

J'acquiesce en levant à peine les yeux vers elle. Elle a l'air sympathique Chloé, petite brune aux yeux noirs, un peu ronde avec une voix chaleureuse. En la suivant, je sens son parfum sucré me chatouiller les narines, ça me fait du bien, j'oublie un instant l'odeur pestilentielle, c'est presqu'un bonheur que j'aimerais savourer plus longtemps. Lorsque j'arrive dans l'immense salle commune, mes yeux sont éblouis par l'abondante lumière du jour qui passe à travers le plafond vitré qui permet de fixer des bouts de ciel.

À ma droite, je remarque un escalier, une rampe de chaque côté pour accéder au premier étage, c'est un escalier serpentant sans marches conçu pour faciliter l'accès aux patients.

Je marche lentement en écoutant les commentaires de ma jeune accompagnatrice :

— Dans cette grande pièce, c'est comme dans un salon, il y a des fauteuils, une télévision, des magazines, des animations, des familles qui viennent rendre visite à leurs proches. Vous verrez ici c'est plutôt animé, il y a souvent une bonne ambiance…Voilà nous sommes arrivés à la salle du petit-déjeuner. Installez-vous ici annonça-t-elle avec un large sourire.

À l'intérieur de cette pièce beaucoup plus petite réservée aux déjeuners, la lumière du jour passe aussi généreusement grâce à de grandes baies vitrées. L'odeur des produits chimiques s'estompe au profit d'une odeur différente mais tout aussi prenante. On y devine le potage de légumes du soir…

Je choisis une petite table, un tout petit peu en retrait.

Je n'ai pas envie de parler, ni de m'asseoir à côté de quelqu'un. Une femme avec un tablier autour de la taille sort des cuisines, elle me sert un bol de café. Je fais non de la tête lorsqu'elle me demande si je veux de la confiture sur mes tartines mais sans me demander mon avis, elle me verse un verre de jus d'orange, puis après avoir dit *bon appétit* regagne d'un pas pressé ses fourneaux.

J'avale difficilement trois bouchées d'une tartine légèrement beurrée. Je regrette instantanément ma cuisine où j'aimais tant préparer de succulents plats.

Pour repousser ce déjeuner insipide, j'observe autour de moi, et je finis par remarquer les deux vieilles d'hier soir. C'est surtout la façon dont elles sont collées l'une à l'autre qui me fait penser à elles. Car je les reconnais à peine, je les trouve extrêmement fatiguées, fragiles, très différentes de celles qui sont venues frapper à ma porte. Elles sont voûtées, l'une d'elles semble avoir la tête inclinée légèrement sur le côté droit ; leurs gestes sont lents, imprécis, maladroits, elles ont même beaucoup de mal à approcher leurs tartines de leurs bouches desséchées.

Elles boivent leur bol avec une paille. J'ai du mal à croire que ce sont les mêmes...

Quel contraste, elles étaient pourtant si énergiques quelques heures auparavant. Est-ce ces bon Dieu de médicaments qui opèrent une telle métamorphose ? D'ailleurs n'ai-je pas, moi aussi la tête qui tourne ? Si ces médicaments changent les gens en épave, je ne les avalerai plus. Ils ne m'assommeront pas avec leur merde avant de partir ! s'indigne ma petite voix intérieure.

Joy avait fait un clin d'œil à son amie, lorsqu'elle l'avait vu arriver. Cette nuit, elles n'avaient cessé de parler de son cas et des prédictions de Carmen. Elles craignaient que ce vieux n'ait échoué dans cet établissement un peu par hasard, un peu comme elles, avec un diagnostic à peine fiable.

Bientôt, il se révélerait : soit il péterait les plombs, soit il allait se résigner.

Nul ne savait comment il allait réagir. Les J.J. n'aimaient pas tellement ces vieux qui perturbaient la tranquillité des lieux, et qui mettaient le nez dans leurs petites affaires…

Si les paroles de Carmen n'avaient pas été aussi troublantes et inquiétantes, elles n'auraient certainement pas décidé de le surveiller un peu, avant de prendre une décision. Après tout son cas n'était pas si préoccupant, sans doute pas autant qu'elles le pensaient !

Soudain un cri déchira le silence du petit matin. Un hurlement. Un animal. Un cri animal qui me terrifia. A part moi, personne n'avait bougé ; les J.J. le connaissaient si bien ce son grave qui venait ternir l'ambiance somnolente. C'est un cri qui se renouvèle plusieurs fois à intervalles réguliers. Celui d'Ernest.

Il a perdu l'usage de la parole il y a deux mois. Il ne s'exprime maintenant que par petits râles tout droit sortis d'un monde où peu d'humains aiment s'aventurer. Au moment où il arriva avec ce son étrange, d'autres dans la salle se mirent à lui répondre de la même façon. J'écoutais ces sons mystérieux, un son qui m'apparaissait si étranger, si déroutant, mais d'une incroyable harmonie ; il me faisait penser à un chant puissant, je trouvais qu'il ressemblait un peu à un chant des baleines, c'est ça, un cri reconnaissable parmi tant d'autres, qui m'avait impressionné lorsque je l'avais entendu la première fois à la télévision, et maintenant ça me faisait penser à ce son-là.

Ernest n'avait jamais fait partie du groupe. Elles l'avaient considéré d'emblée *trop nerveux, trop anxieux, trop agressif.* Les premiers jours pendant plusieurs semaines, il n'avait guère quitté la porte en s'accrochant à elle de façon si obsessionnelle qu'il manqua de casser la poignée plusieurs fois.

À force toute cette énergie déployée inutilement, un jour l'avait quitté et l'avait entraîné dans une folie irréversible, le genre de folie qui enferme un peu plus. Ses coups de gueule, ces insultes envers les soignants et les résidents avaient cessé brutalement. La réalité lui avait explosé en pleine figure comme s'il avait marché sur un champ de mines. Il avait perdu l'espoir de s'en sortir. Dorénavant il se réfugiait dans un mutisme d'où émanaient quelques cris d'agonie, comme si des éclats d'obus le consumaient lentement de l'intérieur, avec une douleur qui cesserait seulement lorsqu'il serait mort.

La maladie avait pris en otage son cerveau. Il y en avait d'autres comme lui poussant des cris provoqués par des blessures invisibles. Ernest était maintenant en fauteuil roulant ; un soignant lui donnait à manger, l'aidait à se coucher, à faire sa toilette. Il était capable de rien. S'en rendait-il compte ? À la résidence, la consigne était de maintenir en vie les patients le plus longtemps possible, jusqu'au dernier battement. L'image traumatisante de mon oncle réapparut immédiatement, lorsque enfant je l'avais vu revenir de la guerre. Vision morbide. Vision tenace. Sensation de malaise. Pris de dégoût, l'estomac noué, j'abandonnai mes tartines au milieu de la table. En sortant, je croisai une infirmière qui me fit un large sourire contrastant avec la morosité des lieux :

— Monsieur Raymond, installez-vous ! dit-elle en pointant son index vers un siège libre, à côté d'un pensionnaire somnolant, la tête penchée sur le côté.

— Le téléphone dans ma chambre ne fonctionne pas. Donnez-moi le vôtre s'il vous plaît, lui dis-je immédiatement.

L'infirmière continua de sourire, et répondit comme si elle avait déjà entendu mille fois cette remarque :

— C'est normal ; vous n'êtes pas autorisé à appeler mais seulement à recevoir des appels.

Elle continua :

— Installez-vous. Un orchestre va arriver. Vous allez pouvoir écouter des musiques, chanter, même danser si vous pouvez. Non. Monsieur Abdel, restez là !

Elle me laissa seul, et se précipita vers la porte, à cause d'un résident qui essayait de s'échapper. Au moment où elle arrêta sa course, le fugueur s'énerva et cria avec un accent rugueux *lâchez-moi bande d'abrutis*.

Je ne prête guère attention à la scène, je suis anéanti. J'ai l'impression que je viens de recevoir une gifle. Je suffoque. Mon passé, mon présent, mon futur défilent à toute vitesse dans un désespoir fou, un désordre infernal.

Une seule phrase vient d'anéantir mes espoirs, une seule comme des tirs de mitraillette. Je camoufle mon visage dans mes mains, les coudes sur mes genoux, j'adopte une posture qui m'isole des autres. Je suis ulcéré, excédé, je me sens floué. Dans la salle des bruits étranges se dispersent, des grognements, des bouts de mots, des coups de gueule, le bruit de déambulateurs et des canes qui compressent le sol en lino. La journée déploie ses tentacules tandis que je continue à vouloir m'éloigner de ma tragédie. Soudain un pied écrase le mien, mais je reste immobile, silencieux, toujours la tête enfouie dans mes mains en me répétant : *Je ne peux pas finir ma vie ici. Sortir. Partir. M'enfuir. Ne pas devenir fou.* Ces mots tournent en boucle comme une chanson sur un vieux disque rayé. Il y a quelqu'un à côté de moi, mais je m'en fiche, malgré sa quinte de toux qui m'avertit que je suis dans un lieu où les maladies sont plus vivaces et coriaces que la vie. J'ignore sa présence. Tout ça renforce mes tensions, ce malade me rappelle que je suis condamné à finir comme lui.

J'agonise déjà, toujours tête penchée, les yeux rivés sur le sol, je suffoque et j'entends même la Mort murmurer :

Je suis là à tes côtés, je te montrerai bientôt de quoi je suis capable. Avant que tu ne m'appartiennes définitivement, je veux que tu agonises lentement, que tu te vides de ta substance, de cette vie qui a coulé pendant si longtemps allègrement dans tes veines sans que tu t'en soucies. Je veux maintenant que tu ressentes ma présence, mon odeur, ma main sur ton corps jusqu'à tes os, que tu ressentes ma présence sur ta peau jusque sur les traits de ton visage, jusqu'aux méandres de ton cerveau, je façonnerai ton âme selon ma volonté, je ne te lâcherai plus tant que je ne t'aurai pas apprivoisée !

Pour éloigner cette voix qui me fait suffoquer, je lève les yeux à la recherche d'un salut divin. Je regarde autour de moi, je ne vois que des cadavres vivants défiant l'exigeante maîtresse des lieux. Des larmes n'ont pas le temps de jaillir de mes yeux humides car je viens de sentir une main sur mon épaule qui me détourne de ma solitude, une voix douce vient s'immiscer dans ma douleur.

Mes yeux se posent sur le visage de Chloé.

— Monsieur Raymond ça va ?

Je ne réponds rien, je dois faire peur car elle me parle comme si je manquais d'air.

— Venez avec moi !

Mon corps courbaturé se redresse lentement. Je me laisse porter, emporter ; je suffoque, je respire par à-coups. Je pose une main sur son bras, l'autre sur mon cœur, je me laisse guider.

En parcourant ces longs couloirs peu éclairés, j'aperçois d'autres visages, d'autres masques déformés, perdus, hagards, fatigués, figés par une détresse humaine qui s'exprime à perpétuité. C'est le visage des dernières heures. Je croise des fantômes squelettiques qui errent sans but. Certains ont l'air absents, pourtant chez d'autres, dans leurs regards, il y a une lueur de rage ou d'espoir, je ne sais pas mais c'est comme s'ils combattaient l'invisible.

Tous ces visages multiples éclairent ma vision des lieux. Subitement, une vieille qui boitille ralentit notre marche, en s'approchant, en criant, elle indique une tâche jaunâtre sur sa jupe.

— Madame Germaine, ne vous inquiétez pas, on va vous changer !

J'ai le vertige. Je m'accroche un peu plus à mon seul espoir, cette jeune femme qui veut m'amener autre part.

— Voilà nous sommes arrivés. C'est très agréable ici dit-elle avec une voix calme.

Instantanément mon regard se pose sur ce jardin d'environ 2000m² délimité par un haut grillage vert, au-delà il y a l'immensité des champs parsemés de minuscules points noirs, des habitations.

C'est un paysage silencieux, figé, mélancolique. Je continue de chercher, savoir si je peux m'enfuir. Derrière la forêt qui borde l'unique route que j'ai empruntée en arrivant, il y a un petit village, et cette gare qui avait attiré mon attention. J'observe de nouveau le jardin, je repère des bancs, des chaises, un petit potager qui doit sûrement distraire quelques résidents les mois d'été. J'imagine la beauté multicolore des fleurs au printemps, le parfum des roses, la sieste que certains font à l'ombre du grand platane en plein milieu…Ce joli cadre bucolique m'inspire qu'ennui et abandon, le territoire de l'oubli.

Cette réalité fissure mon cœur tandis qu'au même moment, un corbeau déchire le bleu du ciel de son cri menaçant. Je continue à chercher une faille, pour m'enfuir, mais je n'en vois aucune.

Je repense au petit village en contrebas, à sa gare que j'avais repérée. Un train. L'espoir. Je suis obsédé à l'idée de m'échapper. J'oscille entre mes pensées et la voix douce de Chloé. Je baisse les yeux, soudain je fixe sa ceinture, et cet objet qui m'interpelle. Un téléphone.

L'espoir renaît, une idée surgit, j'interromps ses paroles.

— Avant j'habitais un petit appartement au centre-ville. Ma vie était tranquille, mes journées agréables. Malheureusement j'ai été la cible de personnes mal intentionnées qui m'ont fait vivre l'enfer. C'est à cause d'eux si je suis ici. Ce qui m'arrive aujourd'hui, c'est une erreur. Une regrettable erreur. Je ne suis pas malade.

Mes mots sont balbutiants, j'en conviens, je ne suis pas très à l'aise. J'aimerais tant qu'elle comprenne, je voudrais la sensibiliser, l'émouvoir. Au moment où je capte une émotion dans ses yeux, et après un silence d'une fraction de seconde, je formule ma demande :

— Je dois appeler ma nièce pour l'informer. Vous savez je ne suis pas fou.

Elle réplique aussitôt :

— Vous n'êtes pas fou. Vous avez une maladie neurologique. On vous apporte des soins spécifiques. On est là pour vous aider. Je suis certaine que votre nièce viendra bientôt vous voir ! Ne vous inquiétez pas.

— C'est impossible, elle habite à l'étranger. Donnez-moi votre téléphone, je vais l'avertir !

— C'est déjà fait ; elle viendra bientôt vous rendre visite insista-t-elle.

— Je dois lui parler tout de suite. Donnez-moi votre téléphone ! Dis-je en essayant de freiner ma colère qui veut s'intensifier.

— Au début c'est toujours comme ça, c'est un peu difficile, mais tout s'arrangera dans quelque temps, tout ira mieux ! Admirez plutôt ce joli paysage !

Je bouge nerveusement, mes mains s'agitent, je n'aime pas cette façon qu'elle a de me contredire ; sa légèreté face à mon malheureux récit me contrarie. Alors j'insiste. Hélas elle prend ses distances, devient un peu nerveuse, j'ai l'impression qu'elle veut freiner mon élan. Mais il est trop tard pour revenir en arrière, je continue de m'entêter, j'adopte une autre attitude plus stricte cette fois, en plantant dans ses yeux un regard magnétique, tout en lui serrant le poignet :

— Je vais vous donner son numéro. Vous l'appellerez de ma part, elle demandera à me parler et vous me la passerez. Vous allez faire ça pour moi, n'est-ce pas Chloé ? lui ai-je rétorqué, sur un ton menaçant.

Une crainte traverse son visage juvénile. Elle regarde autour d'elle, elle paraît déboussolée, il n'y a personne pour lui porter secours, c'est sûrement ce qu'elle est en train de penser, je ressens sa fragilité. N'est-elle pas formatée pour appliquer les consignes ? Je la vois pourtant faire un léger mouvement de tête qui signifie ni oui, ni non mais que j'interprète positivement, car je lui annonce aussitôt :

— Vous devez l'appeler à 14 heures. Je vais aller chercher dans ma chambre son numéro de téléphone.

— Je vais voir ce que je peux faire Monsieur Raymond. Rentrons maintenant !

Je me sens plus léger, j'ai presque le sourire. Je me dirige vers ma chambre d'un pas agile. Mais ma légèreté est de courte durée, ternie par l'antipathique bonne femme de ce matin que je surprends en train de fouiller dans mes affaires. Très vite la colère me submerge, j'ai à peine le temps de lui dire de partir qu'elle m'ordonne :

— Sortez. Je n'ai pas fini le ménage.

— Ne rangez rien ! Partez !

Entre nous, deux rivalités, deux luttes. D'un côté, ma colère que j'arrive difficilement à maîtriser, et de l'autre cette grosse bonne femme qui fait tout simplement son boulot. Elle s'approche menaçante de la force de sa légitimité, et moi je reste alerte, indigné de surprendre quelqu'un en train de violer mon intimité.

Elle s'approche de moi et me pousse vers la sortie.

Je continue à m'opposer, à m'imposer, face rubiconde, en exerçant une pression grandissante. Je suis possédé par une violence que j'ai du mal à maîtriser. J'empoigne d'un geste rapide mon adversaire, et je porte à ma bouche la chair grassouillette de sa main et je la mords.

L'empreinte de mes dents apparaît au même moment le cri strident de ma victime résonne puissamment jusque dans le couloir.

Je la vois soudain s'éloigner, un peu paniquée, elle décroche le téléphone pour demander de l'aide. Dans l'intervalle, j'essaie de reprendre mes esprits, je cherche à retrouver un semblant de calme. Je regrette déjà mon acte. Trop tard. Les évènements sont maintenant inscrits sur sa main qui, au moment où les secours arrivent, me désigne coupable :

— Regardez ce qu'il a fait. Enfermez-le! dit-elle sans trop peser ses mots.

Les deux individus me regardent avec un air circonspect. Le psychiatre qui m'a accueilli m'ordonne :

— Venez.

Je le suis, tête baissée, je reste sans voix, je ne veux pas aggraver mon cas. Je marche à ses côtés tout en cherchant des formules d'excuses. *C'est à cause de cette femme qui m'a interdit l'accès à ma chambre.* C'est en victime abusée que je m'excuserais. Le psychiatre va chercher à comprendre, c'est son métier. Je vais lui rétorquer que *J'ai cru qu'elle fouillait dans mes affaires.* Évidemment, je ne lui dévoilerais pas ce que je venais faire dans ma chambre.

Trouver des mots simples pour me faire pardonner mon acte irrévérencieux, pour qu'il puisse comprendre que je ne suis pas comme les autres.

Je m'assieds devant lui, sans broncher, je continue de m'enfermer dans mon silence, j'attends tout simplement qu'il prenne la parole.

En parallèle, je commence à chercher des formules efficaces pour ne pas alourdir ma peine.

— Monsieur Fortin, commença le médecin en m'observant avec l'attitude de quelqu'un qui ne peut s'empêcher de scruter en permanence les gestes, les comportements, les paroles de l'être humain. Dites-moi ce qui se passe ?

Je ne trouve toujours pas de mots pour justifier mon attitude.

Le spécialiste des maux continue :

— C'est très grave ce qui vient d'arriver, vous en avez conscience, n'est-ce pas ? Si vous continuez, je serai obligé de trouver un traitement plus adapté.

Un traitement plus adapté, qu'est-ce que ça signifie ?

Un sentiment de défiance grandit en moi que je camoufle en tournant la tête en direction de la fenêtre. Un paysage avec quelques teintes cuivrées se reflète dans mes yeux vitreux. Je suis incapable de réactions, incapable d'émotions, je suis enfermé dans ma souffrance. J'adopte le comportement des sages, des résignés, ceux qui habitent le territoire de l'oubli !

Je baisse la tête, mes mains sont moites, je lève enfin les yeux sur cet homme grand et mince, plutôt bel homme. Il doit bien avoir une cinquantaine d'années, ses cheveux sont bruns coupés ras, yeux noisette, avec ce regard au scalpel qui dissèque. Je n'ai pas envie de lui ouvrir les portes de ma complexité. Après quelques secondes d'hésitation, je réussis toutefois à balbutier quelques excuses que le savant des maux admet recevable puisqu'il change de sujet :

— On m'a dit que vous vouliez appeler votre nièce. Vous devez attendre son appel. On a son numéro dans votre dossier. Nous allons la contacter. Vous n'avez aucun souci à vous faire.

À cet instant je comprends que je n'ai aucun confident parmi les soignants, même parmi les plus sympathiques. Je dois combattre seul. À la résidence, tout est réglementé, même le fait de vivre est consigné. Quand est-ce que ce cauchemar va cesser ?

Comment entrer en contact avec celle qui peut me sauver ? Vais-je devenir une épave échouée dans cette mer de désolation ? Combien de temps avant que ne s'écoule ma délivrance ?

Je ressens dans ma poitrine le poids d'une douleur tenace. Je n'entends plus rien, seulement le cri de mon désespoir provoquant un souffle de plus en plus bruyant. Je sollicite ma petite voix intérieure. Mais là non plus, le silence s'impose. Au moment où le psychiatre pose sa main sur mon épaule, je comprends qu'il est temps de retourner à mon calvaire, dans cette grande pièce commune avec les autres. Un orchestre commence à s'installer pour bientôt répandre sa bonne humeur. Chanter, danser pour ceux qui le peuvent ; moi, c'est le cafard qui va me faire valser.

C'est en vieil homme un peu abattu mais nullement défaitiste qui s'installe devant cet orchestre.

Mes oreilles vont bientôt être mises à rude épreuve à cause d'un répertoire musical d'une époque révolue que je n'ai nullement envie de réveiller…

8

En regardant Raymond passer, Joy chuchota avec un sourire moqueur, *encore un qui va péter les plombs, il va nous casser les pieds, tu vas voir, il va être chiant celui-là* ! Jenny répliqua aussitôt *s'il avait accepté de rejoindre notre groupe, tout aurait été différent* !

Elles étaient tellement absorbées par leurs messes basses qu'elles ne virent pas s'approcher Yvonne, légèrement voûtée, tête inclinée sur le côté droit qui se mit subitement à hurler *arr'tez de parler les vieilles, venez avec moi, on pr'en l'bus, j'vais voir m'fille.*

Yvonne d'habitude plutôt calme, s'énervait parfois, certainement à cause des réminiscences du passé qui la faisaient dérailler. Elle devenait subitement cinglée et se comportait comme quelqu'un qui sombre dans une folie irréversible. C'était comme si elle traversait une passerelle pour rejoindre l'autre côté, le monde extérieur, mais cette passerelle finissait toujours par se casser avant d'atteindre l'autre côté, provoquant une chute, ce réveil tapageur. Tout ceci donnait des scènes d'hystéries plutôt surprenantes.

Joy répliqua de sa voix déformée par son dentier :

— Voir où !?

— À l'école !

Jenny n'était pas d'humeur à rire, elle l'envoya instantanément valdinguer en répondant avec violence un *va voir ailleurs* !

Yvonne s'en alla sans répliquer à la recherche d'une autre cible plus docile. Sa nervosité était montée d'un cran, elle n'arrivait plus à maîtriser ni ses gestes, ni son langage.

— Sla'ope, dit-elle en jetant son dévolu sur une résidente somnolente installée tranquillement dans un fauteuil.

Elle lui tira subitement les cheveux ; des râles de douleurs sortirent de la bouche de l'agressée. L'infirmière accourut aussitôt pour l'arrêter.

Malgré mon immense désarroi, j'observais la scène ; je vis l'infirmière sermonner la vieille qui ne décolérait pas, et qui semblait gueuler encore plus fort. Je voyais bien que la soignante voulait la gifler pour qu'elle cesse de vociférer, mais elle opta pour une solution plus médicale. Elle l'amena de force jusqu'au chariot de médicaments, en la traînant férocement par le bras. Elle lui tendit un comprimé rouge toujours en tenant fermement son bras. Yvonne refusa d'abord, en secouant énergiquement la tête, mais la soignante le lui mit de force dans la bouche, puis lui tendit le verre d'eau avec un geste vif. La résidente finit par prendre le verre avec une main tremblotante. Très peu de temps après, elle changea radicalement de comportement. L'infirmière installa sur un siège la patiente qui, la main sur le cœur, se laissa porter, puis une fois installée, elle se mit soudain à fixer sans ciller le vide, comme s'il y avait un mur devant elle.

Quelques secondes après, ses membres se raidirent, elle pencha la tête en arrière, fixa le plafond en gardant la bouche ouverte et puis plus rien. J'avais l'impression qu'elle venait de mourir. Ce changement radical m'impressionna. Je crois que je voyais déjà qu'il y avait un truc louche dans leurs médicaments, qu'ils étaient la cause de ce changement brutal. Quelques minutes plus tard, un autre patient se manifesta insolant, bruyant avec des gestes violents, tantôt tapant rageusement contre la porte en gueulant *Ar'tez, vous ne voyez pas qu'ils nous prennent pour des cons ! Ils veulent tous nous faire crever !* Tantôt montant et descendant les escaliers sans marches tout en gueulant des paroles incompréhensives.

L'infirmière lui demanda d'arrêter, mais il répondit en l'injuriant. Une fois, deux fois. Elle ne pouvait décemment pas le laisser avec toute cette rage qui l'animait et qui commençait à se répandre et casser les pieds à tout le monde.

J'eus à cet instant l'impression de revivre la même scène avec la vieille qui dormait maintenant profondément. Elle l'emmena vers le chariot de médicaments qui était resté au milieu de la pièce, elle lui tendit un comprimé rouge et un verre d'eau. Contrairement à la vieille, il n'émit aucune résistance ; j'avais le sentiment qu'il l'attendait, comme si toute cette agitation n'avait été qu'une mise en scène ; en le voyant ainsi attendre, j'avais l'impression qu'il était en manque.

Il prit le médicament énergiquement, but l'eau goulûment, il chercha un siège, s'y installa, comme s'il connaissait la suite des évènements. Son regard se figea, son teint devint livide. Malgré la musique de plus en plus forte, son agitation disparut. A cet instant, je n'eus plus aucun doute quant à la redoutable puissance du médicament.

J'étais sensible à ces scènes déroutantes, à ces images qui me laissaient une impression troublante, un peu comme ces odeurs chimiques et humaines mélangées qui perturbaient mon cerveau fragile et innocent. Je décidai ainsi de m'éloigner du brouhaha grandissant, et de ces scènes plutôt surréalistes, comme celle de ces résidents qui dansaient, avec ou sans déambulateurs, avec ou sans canne, en piétinant le sol de leurs pieds déformés. C'était glauque de les voir ainsi se mouvoir ! Je n'avais pas le cœur à regarder ces vieux se débattre dans leur solitude. Je ne me voyais pas comme eux, pourtant j'en avais gobé des médicaments depuis mon internement, peut-être que la drogue ne produisait pas le même effet sur tous, ou bien je finirais par devenir comme eux. Ça me terrifiait rien que d'y penser. La vieillesse ralentissait évidemment la fougue d'antan, mais tout de même n'y avait-il pas un peu d'exagération dans cette lenteur extrême ?

La vieillesse n'était pas responsable de tout, et encore moins du sort qu'on nous imposait. Non. Il me fallait trouver le moyen de sauver ma peau, chercher la brèche dans laquelle je devais me glisser pour décamper au plus vite.

Je quittai ainsi mon siège à la recherche d'indices en prévision de ma future évasion. J'avais décidé de marcher lentement pour ressembler aux autres. J'avançai sans savoir vraiment où j'allais. Pas saccadés, titubant exagérément parfois, mais avec une attention toujours vive. Mon premier tour dans la résidence ne donna rien de probant. Je me retrouvai à la case départ, dans cette pièce où l'orchestre continuait à brailler cette indécente bonne humeur.

Je décidai de repartir en sens inverse cette fois. Je pris les escaliers sans marches. Arrivé au premier étage, je vécus encore la même scène. Une infirmière, un verre d'eau, un comprimé.

Quelle drogue y avait-il dans ces foutus médicaments ? Même attitude, même réaction, même paralysie.

Il y avait vraiment quelque chose d'inhumain, presque à la limite de l'infâme. Il était hors de question que je succombe de cette façon aux mains de l'ennemi. Cette fois, je décidais d'entreprendre quelque chose de plus audacieux en suivant l'infirmière jusqu'à la salle de soins. Par chance, grâce à la porte entrebâillée, je pus coller mon oreille pour écouter sans me faire surprendre. J'entendis très distinctement deux voix :

— Le laboratoire n'a toujours pas livré les pilules, demanda le médecin inquiet.

— Non ils ont un problème avec le transporteur.

— Combien d'*opiacées* nous restent-ils?

— Je ne sais pas mais le stock diminue plus vite que prévu. En ce moment, nous avons au moins une dizaine de patients bien agités !

Sans compter les deux nouveaux que nous avons intégrés cette semaine et parmi eux, il y en un qui a déjà commencé très fort, en mordant Christiane !

L'infirmière continua la conversation, mais mon écoute se brouilla subitement. A l'origine, une vieille hystérique gueulant des mots incompréhensifs qui se dirigeait vers moi. Je réussis à m'éloigner de la porte à temps mais pas assez rapidement. Elle se jeta sur moi en m'encerclant de ses bras qu'elle accrocha autour de mon cou. J'essayai de la repousser, malheureusement je la fis tomber comme une poupée de chiffons à mes pieds.

J'étais très embarrassé, je comprenais surtout que si elle continuait à hurler de cette façon, j'allais me faire repérer. Je lui tendis une main pour l'aider à se relever, hélas elle cria encore plus fort comme si j'étais responsable de sa chute. Je souhaitais pourtant qu'une chose, qu'elle s'éloigne. Au lieu de prendre ma main que je continuai à lui tendre volontairement, l'hystérique s'accrocha cette fois à ma jambe ! Alors je me mis à lui donner quelques coups de pied, pas méchants, simplement pour me dégager de son emprise. Elle était incroyablement tenace, mon cœur s'était d'ailleurs mis à battre plus vite lorsque ses cris plus aigus me confrontèrent avec ce que je redoutais dès le début.

— Arrêtez, cria l'infirmière

— Elle est tombée, marmonnais-je sans trop de conviction.

Elle continuait à hurler comme si je l'avais sauvagement agressée. Elle avait pourtant lâché ma jambe mais elle continuait à émettre des cris cette fois de douleur. Avec cette bave verdâtre qui coulait de la commissure de ses lèvres, elle devenait effrayante. Après avoir relevé la victime, l'infirmière m'ordonna de la suivre. À quelques mètres de la scène, les J.J. ne perdaient aucune miette.

— J'ne sais pas ce qui s'est passé. Elle est tombée, elle s'est accrochée à moi ! avouai-je pour me défendre

En arrivant devant le chariot de médicaments, je savais ce qui m'attendait.

Le verre d'eau. Le comprimé. Je me voyais foudroyer comme ceux que j'avais observés quelques minutes auparavant. Pourtant je n'ai pas rechigné, il fallait obéir. Avais-je le choix ?

Dans un dernier cri de désespoir, j'annonçai à l'infirmière :

— Je vais me reposer dans ma chambre

Elle n'avait rien dit, lorsque je lui tendis le verre vide, elle me laissa partir sans même me regarder.

9

J'entendis la porte de ma chambre s'ouvrir, puis le bruit de pas frotter sur le sol en linoléum.

Jenny et Joy regardèrent le corps immobile de la victime, genoux légèrement repliés.

Selon elles, j'avais fait comme les autres, succombé. Elles connaissaient l'effet redoutable du médicament pour l'avoir testé au moins une fois chacune. Même sensation, corps figé, l'esprit sombrant dans de lointaines contrées dont on ne se souvenait de rien au réveil, sauf du violent mal de crâne.

Ces pilules ne laissaient aucun souvenir des heures passées dans l'obscurité ! Une dose régulière de cette daube était mortelle. Immédiatement, elles s'en étaient éloignées, et avaient ordonné au groupe d'en faire autant. Lorsque les infirmiers leur donnaient le soir une fois sur deux, elles dissimulaient le cachet sous leur langue pour le recracher et pour s'en servir dans leur mixture réservée à l'équipe du soir.

— Ouah, il est drôlement crispé l'ancien, vraiment c'est de la tuerie ce médicament ! avoua Jenny un peu triste.

— ça nous laisse du temps pour fouiller.

Je frémis à cette phrase, et à l'ouverture du tiroir de la table de chevet.

Je les aurais certainement chassées si je n'avais pas décidé de simuler cet état comateux.

— Regarde ! S'exclama Joy.

— Le bouquin, répliqua Jenny sans enthousiasme.

— Non là!

— Il ne va pas rester longtemps celui-là avec toutes les fouines qu'on a ici !

— En tout cas, fini pendant quelque temps les vieilles bouteilles de vin frelaté de notre cher Eddy !

—Tu sais bien que l'alcool on n'en consomme pas tant que ça !

— Oui mais avec deux cents euros, imagine les virées qu'on va pouvoir se faire !

— Continue plutôt de chercher des infos sur lui !

Joy continuait d'ergoter :

— On pourrait demander à Eddy de nous acheter quelque chose qui nous ferait plaisir. Tu sais les chaussures que t'as repérées la semaine dernière !

— Pour me faire remarquer ! Pense plutôt à ce que Carmen nous a dit ! Tiens regarde ce truc, c'est quoi !?

— C'est une lampe, tu la mets autour de la tête comme un bandeau quand tu veux lire le soir sans déranger celui qui dort à côté…

Elle la laissa tomber négligemment dans le tiroir. Joy continuait à penser au billet ; son attirance pour le fric réanimait de jolis souvenirs ; elle redevenait ce qu'elle avait été auparavant, cette femme un peu vénale qui aimait tant dépenser sans compter. En pensant à tout ce qu'elle pourrait faire avec (même là où elle vivait dorénavant), la petite liste de ses envies s'était frayé un chemin dans son esprit. D'un geste vif, sans rien dire, elle le cala dans son soutien-gorge. Jenny lui jeta un regard cuirassé :

— On peut donner la moitié à Eddy, pour l'essence au moins. On lui doit bien ! Sans compter toutes les dépenses qu'il fait pour le groupe !

— D'accord dit-elle avec une moue boudeuse. Fais-moi voir ce bouquin. Si ça se trouve, il y en a un autre, sourit-elle avec légèreté.

Jenny ricana et laissa son amie chercher dans le livre un autre billet tandis qu'elle terminait de fouiller dans le tiroir de la table de chevet.

— Voyons le placard !

— De vieilles fripes voilà tout, lança Joy, assise sur le bord du lit, dos à la victime, tournant avec enthousiasme chaque page du livre.

J'étais de plus en plus agité. Lorsque j'étais arrivé dans la chambre, j'avais recraché immédiatement la pilule. Je m'étais ensuite installé sur le rebord du lit devant la fenêtre, j'avais fixé le paysage automnal, mélancolique. Puis je m'étais allongé pour mieux réfléchir aux scènes observées dans la matinée, essayant de trouver encore et toujours le moyen de m'enfuir. Je cherchais une solution à mon désespoir au moment où j'entendis un bruit contre la porte.

J'avais serré mes poings, mais j'étais resté allongé, décidé à simuler l'état soporifique dans lequel j'étais censé être. Je distinguai des pas et deux voix que je reconnus instantanément.

Au moment où elles ouvrirent le tiroir de la table de chevet, je sursautai, je retenais comme je pouvais ma respiration de plus en plus oppressante. Entendre ses deux vieilles créatures fouiller dans mes affaires me rendait dingue. L'une d'elles avait dû ressentir mon angoisse, toutefois à ces paroles, j'apprenais que ces agitations étaient normales, tout simplement un corps se débattant sous l'emprise d'un puissant neuroleptique.

— Tiens son corps se rebelle ! avait-elle dit alors en se retournant à peine.

J'étais pourtant de plus en plus agité. Je pensais au fric, aux découvertes qu'elles feraient si je continuais à feindre la léthargie. Ma colère vrombissait, malgré toute ma bonne volonté pour la freiner. Deux paradoxes s'affrontaient. D'un côté, je voulais arrêter leurs intrépides curiosités ; de l'autre, je voulais qu'elles me livrent d'autres détails comme ceux que je venais de saisir à l'instant. J'avais déjà l'intuition que leurs paroles éclaireraient mon départ, qu'elles m'aideraient à m'enfuir. J'étais impatient et curieux, malgré mon appréhension grandissante :

— Oui, t'as raison il n'y a que de vieilles fripes. Même Eddy n'en voudrait pas.

Lorsque Jenny s'empara de la valise, c'était insoutenable, je me débattais vraiment.

Revenir du sommeil d'où je m'étais volontairement plongé s'imposait. Malgré quelques tressautements à intervalles réguliers que l'une d'elles interprétait comme des réactions légitimes, j'attendais. Hélas lorsque j'entendis la valise s'ouvrir, mon cœur fit des bonds, je n'avais plus le choix. Joy était toujours assise sur le rebord de mon lit, à bonne hauteur de la cachette où se trouvait mon argent, elle parcourrait de ses yeux paresseux les fringues usées et rapiécées. Elle était heureuse de serrer contre sa poitrine ce billet froissé. Puis soudain elle demanda laconique, en pointant du doigt :

— Tu veux bien regarder derrière ce pantalon en velours gris ?

— Quoi ? dit Jenny qui venait à peine d'ouvrir la valise.

— Le pantalon gris, il y a quelque chose derrière.

Je sentais que le moment était venu. Je devais leur montrer que j'étais le seul capable de vaincre le puissant neuroleptique. Je commençai à leur livrer de petites secousses progressives, sans coupure, montant crescendo. Joy subitement s'éloigna en mettant une main sur son cœur pour protéger son larcin. Elles se regardèrent éberluées. Je ne voulais leur laisser aucun répit. Je m'étais mis à brailler, doucement, d'abord des mots dans un charabia incompréhensif.

— Il se réveille ! cria l'une d'elles.

Lorsque j'ai commencé à hurler, je les entendis ranger précipitamment la valise. Toujours les yeux fermés, levant parfois les bras au ciel, mes pieds de plus en plus agités faisaient d'étranges mouvements circulaires, devaient les impressionner.

J'étais devenu le premier patient qui réussissait à vaincre la pilule, le premier qui cassait ses chaînes médicamenteuses. Personne n'avait réussi un tel exploit avant moi. Personne. Je sentis un moment mes os craquer, je me donnais du mal, beaucoup de mal pour les faire partir. Au moment où j'entendis la porte claquer, je savais que j'avais gagné, j'arrêtai mon spectacle en ouvrant les yeux sur une victoire bien méritée.

10

Le psychiatre avait terminé sa conversation avec le responsable du laboratoire qui fournissait les Xp09. Il allait devoir avertir Madame Fayolle, directrice de l'établissement, que la commande ne serait pas livrée à temps. A cause d'un problème de transporteur. Un mouvement de grève a priori.

Depuis cette merveilleuse découverte, quatre ans précisément, l'équipe n'avait jamais connu de rupture. Comment les patients allaient-ils se comporter ? Comment l'équipe soignante allait-elle réagir ?

Allaient-ils tous péter les plombs ? Combien d'esprits devra-t-il apaiser ? Réussira-t-il à maîtriser l'agitation qui allait régner dans l'enceinte de l'établissement pendant quelque temps ? Malgré sa nature optimiste, il n'arrivait pas à admettre que tout irait bien, il était anxieux et inquiet.

Depuis l'utilisation de ce médicament révolutionnaire, les conditions de travail étaient devenues nettement plus sereines. A chaque fois qu'un patient devenait fou, anxieux, agressif, incontrôlable, une pilule réglait le problème en un rien de temps. En plus d'une prise régulière le soir, l'équipe donnait une dose la journée aux patients les plus excités, ceux qui déliraient sans pouvoir se calmer.

Ce puissant médicament produisait une somnolence hypnotique plongeant le patient dans un profond sommeil, pire dans un état létal pendant quelques heures.

Au réveil, la plupart se plaignaient de maux de tête violents. La pilule viendrait à bout de tout, n'est-ce pas, même de cette vie qui s'acharnait dans ces corps trop usés ?

La prescription était obligatoire les soirs ; pour certains, un soir sur deux, c'était d'ailleurs le cas de tous les membres du groupe. Pour les autres, ceux qui avaient une dose la journée en plus de celle du soir, la Mort finissait par les happer plus rapidement que prévu. En général, prendre plus d'une dose d'Xp09 par jour finissait par ramollir les corps, et changer les comportements nerveux, les sursauts de violence et d'agressivité en une docilité forcée et pérenne.

Pour ceux qui prenaient ce cachet une fois sur deux, seulement avant le coucher, pour ces patients, il n'y avait aucun risque, aucun réel changement…

L'équipe soignante avait conclu que ça ne servait à rien d'injecter plus de léthargie dans un corps déjà inactif ? Car au début, il y avait eu des erreurs.

Après une succession de morts, des réunions avaient eu lieu, des polémiques avaient animé les débats houleux qui avaient permis de fixer un délai d'une semaine avant de déterminer la dose à prescrire.

Les doses devaient être fixées selon le comportement du patient.

Le psychiatre repensait à ces pilules, au jour où elles étaient apparues. Au départ, nombreux avaient été sceptiques, mais les résultats étaient devenus très vite probants, les avis unanimes.

Il se remémorait des premières fois où il les avait utilisées, du premier patient à qui ils les avaient donnés, un de ceux qu'il n'arrivait pas à calmer avec ses mots. Le psychiatre passait du temps à le rassurer, à l'écouter, à l'analyser, il allait comprendre que la pilule rouge allait être plus efficace que toutes les autres méthodes qu'il s'évertuait à appliquer. Sur ce premier patient, la méthode avait si bien marché qu'il ne s'était d'ailleurs jamais réveillé ! Mal dosé ou allergie, personne n'avait su ! À la mort de son premier cobaye, il avait été tourmenté par de mauvaises pensées, sa conscience professionnelle l'avait sermonné. Cette composition chimique dont il ignorait au début les molécules qui l'associaient, était forcément responsable de cette mort brutale.

Après quelques recherches, il avait appris qu'un anesthésiant et le pavot blanc faisaient partie des composants.

Ce médicament avait un agent innervant permettant de bloquer le système nerveux. Il apparaissait comme un puissant somnifère, une arme redoutable pour apaiser les malades, pour venir à bout des tensions de certains patients.

Le psychiatre avait agi plus consciencieusement les fois d'après. Il n'ignorait plus les effets que cela produisait devenant ainsi complice, surtout conscient de son incapacité à régler sans artifice ses cas cliniques. A quoi servaient ses diplômes dont il était bardé, de toutes ces théories et théorèmes qu'il avait assimilés, toutes ces nuits blanches à comprendre, à étudier, à analyser, à lire les thèses si c'était pour se prosterner devant ces petites pilules d'aspect pourtant si insignifiant. Les patients dans cet établissement n'avaient jamais été faciles à soigner. Alors, ses remords s'étaient peu à peu dissipés.

Il chassa ses tristes pensées qui amoindrissaient son moral, pour s'occuper du cas Raymond Fortin. Il l'avait reçu dans son bureau après l'incident avec l'hôtelière. Il lui avait donné une deuxième chance ! Hélas plus tard, il avait su que l'infirmière n'avait pas hésité une seule seconde à lui donner un Xp09. Il parcourut les quelques lignes du dossier, lut le diagnostic médical puis rechercha les coordonnées de la famille à contacter. Un nom inscrit en bas du dossier, une adresse en Amérique. À sa montre, 14 heures. Il composa le numéro.

Quelques tonalités après…

Au bout du fil, il entendit une voix lointaine entrecoupée par des interférences :

— Madame Gil. Bonjour, je suis le psychiatre de la résidence Le saule. Nous souhaitons vous informer que Raymond Fortin a intégré hier notre établissement.

Un silence s'installa, la distance devait jouer, puis soudain elle répliqua avec un léger accent :

— Je ne comprends pas…Pourquoi n'm'a-t-il pas prévenu ?

— Quelques incidents récents l'obligent à être placé chez nous ; il souffre d'une maladie neurologique. Il a passé plusieurs tests ; le diagnostic est formel, il a besoin d'un suivi personnalisé. Nous allons vous envoyer une copie de son dossier médical que vous pourrez lire tranquillement, vous constaterez ainsi qu'il se trouve à un stade plutôt avancé, dit-il en parlant de plus en plus fort comme pour combler la distance entre eux.

— La dernière fois au téléphone…Il m'avait l'air en pleine forme Je ne comprends pas. Je veux lui parler.

— Il dort en ce moment. Mais ne vous inquiétez pas, il est très bien ici. Il a demandé à venir ici. Venez lui rendre visite quand vous pouvez, suggéra-t-il.

— C'est lui qui a demandé ? Vous venez de me dire que c'était suite à un diagnostic médical ! répliqua-t-elle, un peu perplexe.

— C'est exact. Mais il est d'accord. Rassurez-vous, je vais vous envoyer toutes les informations nécessaires pour comprendre ce qui s'est passé.

Il n'avait pas envie de s'éterniser. Ce n'était pas son rôle de convaincre les familles. À cause des congés de la directrice, traiter les demandes de futurs pensionnaires était une tâche qui lui incombait. L'appel avec cette femme était de très mauvaise qualité ; il préféra ainsi abréger la conversation en la rassurant une dernière fois, et en lui promettant qu'elle allait très vite avoir des nouvelles de son oncle. Il ne fallait surtout pas lui donner l'idée de le retirer de l'établissement. Ici les patients étaient bichonnés aussi pour leur portefeuille !

Lorsque Madame Fayolle, la cinquantaine jamais mariée, qu'on appelait naturellement Madame la directrice, trouvait une famille capable de payer la facture mensuelle, elle ne le lâchait plus. C'était vital pour la bonne santé financière de son établissement.

— Madame Gil écoutez je dois vous laisser. Je vous envoie dès aujourd'hui tous les documents. Je vous souhaite une agréable journée, dit-il en raccrochant presque aussitôt, sans même lui donner les coordonnées. Il nota dans le dossier « documents à envoyer », puis le reposa sur la pile des autres. Il avait encore quelques familles à appeler, il devait trouver deux clients-patients pour remplir les chambres vacantes. Puis il irait faire sa tournée habituelle pour voir si tout allait bien.

*

Malgré leur activité favorite du samedi quinze heures, les J.J. n'avaient pas envie de s'adonner à la gym douce ; juste pas envie de travailler la motricité de leurs bras et de leurs jambes.

D'ordinaire, pourtant, cette activité d'une heure environ permettait de dissoudre le masque des apparences. Cette gymnastique les sortait de leur léthargie simulée. En réalité c'était pour le bel athlète qu'elles s'étaient inscrites il y a deux ans. Lorsque l'animatrice leur avait proposé cette activité, après avoir vu le coach, elles n'avaient pas hésité une seule seconde. C'était beaucoup mieux que de peigner la girafe dans l'atelier mémoire ou écriture ! A leur âge, qu'est-ce qu'on s'en branle de stimuler les capacités cognitives ou bien d'écrire des lettres ? À qui les enverraient-elles de toute façon ?

Le désir, la passion, l'éveil de leurs stimuli, c'était bien ce qui les émoustillait le plus ! Grâce à ce bellâtre tout droit sorti d'une couverture de magazine de mode, elles réveillaient ainsi la partie enfouie d'elle-même, celle qu'elles n'auraient jamais envie d'enterrer tant qu'elles seraient vivantes…

Pourquoi faire comme si l'horloge s'était arrêtée à une heure précise, à une époque où l'envie, le désir et tout le reste régnaient en maître dans leur vie ? Non, elles refusaient d'être ces belles qui dorment au fond du bois et qu'un prince même libertin ne voudrait même pas embrasser…En le voyant, elles ranimaient la flamme du désir…C'était presque une chance, à quatre-vingts piges de voir d'aussi près un mec si bien foutu éveiller si ouvertement tous leurs désirs enfouis. Lorsque ce bellâtre callipyge s'approchait en effleurant parfois leur peau, subitement, elles se liquéfiaient comme neige au soleil. La flamme brillait intensément face à autant de testostérones, le sportif vêtu d'un tee-shirt moulant mettant en avant ses biceps et son torse musclé semblait les narguer continuellement, et ce corps qu'elles caressaient en permanence du regard, elles en rêvaient souvent bien après les cours. C'était formidable ce qui leur arrivait dans un lieu aussi étanche aux désirs et sentiments…Tous ces petits mouvements étaient d'un ridicule certes consternant mais ça en valait la peine…D'ailleurs, avaient-elles déjà manqué un cours ? Jamais. Mais voilà aujourd'hui, elles n'étaient pas d'humeur badine.

La séance terminée, l'animatrice leur fit même remarquer :

— Qu'est-ce qui vous arrive aujourd'hui les deux inséparables ! C'est rare de vous voir aussi peu enthousiastes !

On verra quand t'auras notre âge, espèce de…C'est sûr, tu feras moins la maligne, alors arrête de t'la jouer et laisse notre vieille carcasse tranquille ! murmura Joy d'une voix si faible qu'elle n'atteignit pas les oreilles de la cruche.

— Il y a des jours sans, lança Jenny, en empruntant un air fatigué.

Après le cours, elles retournèrent lentement dans la grande salle commune où la plupart des morts-vivants attendaient. Elles continuaient à être obnubilées par le nouveau. Comment interpréter son réveil ? Pourquoi n'est-il pas réapparu ? Il n'avait pas déjeuné à midi, il n'était ni dans la grande salle, ni même au jardin. Il était resté dans sa chambre. S'était-il rendormi ?

*

Après le départ des deux fouineuses, j'avais verrouillé ma porte à double tour. Sur le lit, je m'étais assis pour gamberger. Pourtant, je dus retrouver une nouvelle fois l'attitude de celui qui dort profondément, car une autre personne était venue me déranger. À la façon dont elle m'avait touché la main pour vérifier mon pouls, je sus que c'était une infirmière, elle n'était pas restée longtemps. Malheureusement, elle n'avait pas refermé la porte, alors pour garder les apparences, j'avais décidé de rester allongé, au cas où quelqu'un viendrait de nouveau.

J'avais continué à cogiter, à rassembler les informations et les questions qui en découlaient. Comment parvenaient-elles à s'échapper de la résidence ? Par quel moyen ? Qui était Eddy ?

Avec la rencontre interlope des deux comédiennes, je pressentais une ouverture dans laquelle j'allais pouvoir me glisser plus ou moins facilement…Trouver le moyen de les aborder, ou bien de les espionner…Je ne savais pas comment m'y prendre pour le moment… J'avais fermé les yeux, réussissant à m'endormir, je ne sais comment, sûrement parce que j'avais l'espoir, la certitude de ma futur évasion.

Depuis longtemps, bien longtemps, bien avant mon internement, je n'avais pas senti autant d'apaisement, j'avais la sensation que la fin de ma galère qui me collait si intensément, était proche ; j'avais l'espoir que ce cauchemar cesse définitivement…

Peut-être était-ce ça l'espoir…Un rêve éveillé dont on a la certitude qu'il va bientôt se concrétiser !

11

Les J.J. n'étaient pas les seules préoccupées, le psychiatre l'était aussi à cause des pilules qui allaient bientôt manquer. D'ordinaire, l'après-midi, il entame sa tournée des patients vers 15 heures (le matin, c'est aux alentours de dix heures). Tout est relativement calme, absolument rien à signaler de préoccupant aujourd'hui. Un jour comme les autres. Une fois sa tournée achevée, il se dirige vers la salle de soins pour informer le personnel soignant de ce qui les attend.

Lorsqu'il se pointe à la réunion, le message a dû circuler, car les mines sont renfrognées, et dans les yeux on peut y déceler de l'inquiétude. Il vient confirmer ce que tout le monde pressent déjà, mais il se montrer rassurant :

— Je viens de m'entretenir avec le directeur du laboratoire ; malheureusement il n'a pas de bonnes nouvelles ; un de ses fournisseurs a rencontré des difficultés d'acheminement à cause de la grève des transporteurs. Le laboratoire a dû stopper momentanément la fabrication des Xp09, à cause d'un composant qui n'a pas été pas livré. Je veux toutefois vous rassurer ; car tout est en train de s'arranger, samedi prochain, notre commande sera livrée...Combien de pilules nous restent-ils ? Pour combien de jours ? S'enquerra-t-il auprès du médecin.

— Pour la dose du soir, on pourra tenir jusqu'à mercredi ; deux sont en phase terminale, et nous leur en donnons plus depuis une semaine. En revanche, nous avons intégré deux nouveaux, dont un est déjà très anxieux ! On a été obligés de lui administrer une dose, ce matin. En ce qui concerne la prise de médicaments en journée, ça concerne dix patients au moins, et pour ces médicaments-là, il nous reste une vingtaine de pilules, déclara le médecin l'air un peu dépité qui pensait déjà à sa retraite qu'il prendrait officiellement l'an prochain.

— Dès lundi, on ne donne plus d'Xp09 en journée, pour permettre de prolonger jusqu'à jeudi soir au moins les doses à ceux qui en ont le plus besoin. Normalement, on devrait être livrés samedi prochain. Les pilules ne manqueront qu'un soir. A partir de lundi, pour celui qui est très nerveux en journée, on l'isole et le ramener à la raison par des mots, si vous n'y parvenez pas, vous m'appelez. Je tenterai d'appliquer la méthode d'avant pour tenter de dompter cette nervosité. Évidemment, si je n'y parviens, on déclenchera le second plan.

— ça fait longtemps qu'on n'a pas travaillé avec la méthode d'avant, lança spontanément l'infirmier cadre avec un regard inquiet.

— Oui, ça va être compliqué. On a tellement eu l'habitude des Xp09. Les isoler vous pensez que c'est une solution ? interrogea le docteur.

— Vous avez une meilleure proposition ! Je vous rappelle que le problème ne durera pas. Au pire on passera une semaine mouvementée, ensuite tout reviendra comme avant. À partir de lundi, ce que je vous demande, c'est d'essayer de calmer vous-même le malade, sinon vous m'appelez, si je n'y parviens pas, nous l'enfermerons ensuite dans une pièce du sous-sol parce que nous devons absolument éviter de semer le trouble, la panique, la contagion dans les esprits. Les pièces réquisitionnées permettront ainsi d'expulser leur mal-être à l'abri des regards ; ces pièces sont celles où l'on range le matériel ! Madame Fayolle a donné son accord. Elle veut arrêter les Xp09 la journée dès lundi, insista-t-il.

— Si nous en avons dix qui s'agitent en même temps, comment fait-on ? Vous savez que souvent, s'il y a en un qui devient violent, un autre le devient peu de temps après…Parfois on se retrouve à donner des cachets à dix d'entre eux en même temps ! Si c'est le cas, nous allons vite manquer de lieu d'isolement !

— Il faut être vigilant. Vous devez repérer celui qui commence à s'énerver, l'isoler des autres rapidement. Il n'est pas exclu qu'on enferme dans la même pièce plusieurs malades. On n'a pas le choix de toute façon, la directrice veut continuer à donner une bonne image de l'établissement ! Ne pas écorner sa réputation ! Évidemment, si on peut éviter l'isolement, on le fera. Madame Fayolle est en train de réfléchir à d'autres solutions. Nous savons qui cela concerne en ce moment, ils sont dix à être très nerveux, et vous savez qui ils sont, on rajoute le nouveau, au total ça fait onze à surveiller de près. Les autres, ils ont fini par comprendre !

— Ce n'est pas toujours aussi simple de les surveiller. Il faut s'occuper des autres ! Leur administrer les soins quotidiens, vérifier leur état de santé, leur bilan sanguin, et d'autres choses, on ne peut pas passer notre temps à surveiller ! Et puis certains peuvent devenir vraiment violents, on peut avoir du mal à les immobiliser. Nous sommes cinq infirmiers en journée, les aides-soignantes ne sont pas aussi nombreuses qu'on souhaiterait ! Les aides hôtelières, n'en parlons pas, elles ont du boulot par-dessus la tête ! On manque de personnel !

— Je sais. Mais je vous le répète cette situation n'est que provisoire ! Nous devons tous être très alertes, investis le temps de récupérer nos chères pilules ; tout le monde est concerné y compris ceux qui ne sont pas directement concernés par les soins ! C'est très important ! La directrice vous convoquera lundi ! Pour les pièces réservées à l'isolement, on renforcera la sécurité des portes. Mieux vaut être prudent. Certains ont énormément de force et sont capables de casser les poignées, les fenêtres et détériorer les murs ! On doit éviter les accidents. Bien sûr, la pièce sera entièrement vidée pour éviter qu'ils ne se blessent. Les fenêtres seront condamnées ! J'aimerais vous dire que toutes ses précautions sont inutiles, que tout se passera bien, mais mieux vaut prévenir que guérir, vous le savez aussi bien que moi. Demain, c'est dimanche, les familles sont nombreuses à venir rendre visite à leur proche ; nous ne pouvons pas nous permettre de mettre en place le plan isolement ce jour-là, nous continuons donc à donner l'Xp09 aux patients les plus violents, en espérant qu'ils ne soient pas aussi nombreux. Évitons de paniquer et restons soudés !

Le psychiatre faisait tout pour essayer de les rassurer, il ne voulait pas se montrer pessimiste, et il avait affirmé que la pénurie ne durerait pas. Ça servait à quoi de leur révéler que la livraison pouvait être encore retardée d'une semaine…Malgré le ton rassurant qu'il empruntât, certains visages étaient résolument fermés et tendus. Pour ceux qui n'avaient jamais connu l'époque sans les Xp09, ils imaginaient un tas de scénarios sans vraiment comprendre ce qui les attendait ! Pour les autres, en convoquant leurs lointains souvenirs, ils se préparaient déjà à vivre des moments angoissants ; ils se remémoraient déjà quelques scènes extrêmement violentes. Tous espéraient que cette traversée ne soit qu'éphémère…

12

Je me réveille en sursaut, sur mes tempes ruissellent des gouttes de sueurs ; mon cœur s'emballe, des battements irréguliers traduisent l'angoisse à cause de ce cauchemar que je viens de faire et qui me procure une vive émotion. Je me souviens d'un bus, d'une ville, d'un avion, du feu. Je suis dans le bus qui parcourt une grande avenue d'immeubles exposant fièrement une architecture moderne. Le bus s'arrête ; je descends et me dirige vers les berges aménagées du fleuve afin de m'éloigner de l'agitation naissante de la ville. Le ciel matinal, un bleu voilé de blanc, me rend joyeux, j'ai envie de flâner.

Soudain sans comprendre pourquoi ni comment, la matinée arrête brutalement d'exhaler sa douceur printanière. J'entends des pas affolés, des cris comme des rafales de mitraillettes ; un bombardement vient de déchirer le ciel devenu soudain orange vif. Le début de quelque chose qui a l'odeur du chaos. Je me retourne ; je vois des foyers d'incendie qui s'animent les uns après les autres comme une contagion impossible à arrêter ; les vitres volent en éclats, les murs tombent comme des châteaux de cartes. Un épais nuage recouvre ma vision de poussière. L'air propage une odeur de soufre, l'environnement s'est transformé en un champ de bataille meurtrier. Un avion vient de s'écraser en haut de la butte. Autour de moi, des anonymes se bousculent comme des aveugles affolés.

D'instinct, je les suis, comme eux, je me dirige vers le fleuve. Les flammes menaçantes ne vont pas tarder à nous rattraper. Soudain je sens une main dans la mienne. Ensemble nous nous dirigeons vers le fleuve, ensemble, nous allons disparaître dans son ventre, dans cette eau salvatrice qui va stopper le feu criminel qui s'acharne à éteindre nos existences. Fin. Je ne me doutais pas encore que ce cauchemar allait composer quelques-unes de mes réalités futures !

*

C'est Jenny qui le vit en premier arriver dans la salle du déjeuner pour le potage du soir. Elle avait averti son amie d'un mouvement de coude. Une place de libre à leurs côtés ; sans leur demander la permission, je m'installai en ajoutant avec un sourire forcé :

— Bon appétit mesdames !

La stupéfaction anima leurs visages, un court instant, puis elles reprirent leur indifférence naturelle ; elles firent comme si je n'existais pas.

Cependant l'une d'elles eut un geste sur son cœur comme si elle vérifiait quelque chose. Puis elle reprit sa cuillère en la trempant avec nonchalance dans la soupe.

J'ironisai avec une rage mal dissimulée :

— Voyons mesdames, n'ayez crainte, je ne suis pas méchant ! Et puis ce n'est pas comme si on venait de se rencontrer !

Elles restèrent silencieuses ne prêtant guère attention à ce vieux qu'elles laisseraient certainement s'enliser dans son monologue.

Bientôt il deviendrait nerveux, agité, agressif ou fou…

— Pas bien loquaces ! Pas comme hier. Vous avez perdu votre langue ! Ah oui, laissez-moi deviner, votre mémoire vous joue des tours ! Vous n'avez vraiment pas de chance, car la mienne est excellente. Surtout elle sait qu'elle vous a déjà rencontrées dans de bien étranges circonstances…Faites un petit effort, je suis sûr que ça va vous revenir, dis-je en parlant de plus en plus fort.

Joy reposa sa cuillère à côté du bol. Elle n'était pas d'humeur à jouer, elle était même un peu agacée. Elle ne semblait pas tellement apprécier que je les aborde comme j'étais en train de le faire avec une certaine arrogance. Moi, au fond je m'en fichais.

Ce que je cherchais était d'entrer en contact avec celles qui avaient eu l'audace de pénétrer ma chambre, de fouiller dans mes affaires en abusant de ma faiblesse et en m'extirpant un billet de deux cents euros. Mais il y avait autre chose qui me tarabiscoté. Cette question à laquelle je voulais absolument répondre : comment parvenaient-elles à sortir ? Cette information ne m'avait pas échappé, et m'avait d'ailleurs ému au plus haut point. En effet ça signifiait beaucoup pour moi. Ça signifiait la brèche dans laquelle je pouvais me faufiler. Pour l'instant ma maladresse ne favorisait pas le contact que je souhaitais établir. Mes formules maladroites ne convenaient pas à ces vieilles rebelles, je le savais, malgré tout je m'entêtais à les bousculer ainsi :

— Ah la mémoire revient ! Allez, encore un p'tit effort, on va finir par s'entendre ! Insistai-je.

Elles se regardèrent. Dans leurs yeux brillaient une sorte de colère sourde, une envie de me foutre une rouste sûrement, de me plaquer à terre pour me briser la nuque ou bien d'autre chose du même acabit. À une heure plus discrète, mon cas aurait certainement été vite expédié, peut-être même de façon radicale. Se demandaient-elles si ce vieil homme qui les narguait était différent des autres ou bien simplement déjà un peu fou ? Toutefois elles se souvenaient qu'il avait étrangement inspiré

Carmen. Son heure viendrait bientôt soit parce qu'elles en décideraient, ou bien parce que le cocktail chimique viendrait à bout de son existence… Mais avant il y avait quelque chose à apprendre ou à prendre comme ce billet qu'elles avaient découvert, celui même que Joy continuait à caresser de ses doigts délicatement agités. Pour l'instant, la priorité était de faire taire l'arrogant, de le dégager de leur table pour qu'elles retrouvent leur intimité.

Le silence ne me contrariait pas le moins du monde…Leur fragilité, leur léthargie, leurs tremblements, je pressentais que ce n'était qu'un déguisement, un costume, un leurre. Je comprenais cependant que je n'obtiendrais rien en agissant d'une façon provocatrice, mais pouvais-je revenir en arrière ? Je m'étais lancé sur cette voie, c'était trop tard pour en changer. Soudain leurs gestes devinrent d'une agilité incroyable, un peu comme un magicien qui s'amuse à tromper en permanence l'œil du spectateur. Leurs mains formaient une chorégraphie complice…L'une des deux me convoqua dans les yeux, je voyais rien d'autre que ces yeux qui m'envoûtaient et je ne voyais pas l'action qui se préparait. Je n'eus guère le temps d'anticiper au moment où je ressentis une brûlure sur le haut de mes cuisses, les hostilités venaient de débuter. Jenny avait renversé le contenu du bol sur mon pantalon. La chaleur accrochait le tissu et mon cri figea tous les visages étonnés des pensionnaires.

Malgré cette vive douleur qui me titillait, je ne pouvais pas rester sans réagir. Ma fierté sûrement. Celle qui était assise à côté de moi allait subir ma colère. D'ailleurs, elle se mit à crier lorsque le potage tomba sur sa blouse. Son amie se précipita avec entrain pour m'infliger sans scrupules une autre correction mais cette fois j'anticipais. Je freinai son élan en la poussant, elle tomba lourdement sur le sol et s'étala de tout son long, un bruit de carrelage, une tête qui se cogne violemment résonna dans l'atmosphère devenue soudain belliqueuse…

Pris par quelques remords, je voulus la relever malgré la chaleur désagréable qui continuait à piquer le haut de mes cuisses. Malheureusement, je glissai et m'étalai lamentablement sur le sol. Joy restée assise m'assena des coups de pied. Ce genre de spectacle était un fait rarissime à cette heure de la journée où tout était d'habitude sous contrôle ! Nous étions des pantins désarticulés d'un spectacle désolant. Nous fûmes repérés par l'équipe ; un médecin et deux infirmières se précipitèrent pour nous séparer. Sans exception, nous allions connaître un sort humiliant.

Le médecin ordonna :

— On les emmène dans leur chambre !

C'était la première fois que les J.J. se faisaient remarquer. Première fois qu'elles étaient grondées. Première fois que les projecteurs étaient braqués sur elles d'une façon aussi violente. Elles, les leaders respectés du groupe. Mon intention de les aborder avait lamentablement échoué. Mon approche n'avait pas été la bonne, j'avais anéanti mes espoirs d'établir le contact avec elles, du moins ce soir-là. On nous ordonna de nous taire, les professionnels avaient pour mission de nous isoler. Mais avant, le médecin s'autorisa à me frapper plusieurs fois au bas du ventre, *sûrement une de leurs méthodes* avais-je pensé en me tordant de douleur. Pour Jenny et Joy se furent à peu près le même traitement, mais sans les coups de poing.

Les bras derrière le dos, nous avançâmes tels des prisonniers de guerre enchaînés, nous les infâmes, nous les fous, nous avancions, pas saccadés, tête baissée sans répliquer, projetant ainsi la faiblesse de nos âges sur leur supériorité. Nous disparaissions ainsi de la vue des autres, honteux et indignes de rester parmi eux.

En chemin, je retrouvai peu à peu mon calme, malgré les douleurs diffuses au bas du ventre. Dans ma chambre, le docteur sur un ton sévère m'ordonna :

— Ouvrez la bouche, prenez le verre d'eau et couchez-vous, énuméra-t-il laconique en me donnant la pilule rouge.

Je voyais bien qu'il avait l'esprit préoccupé. Je gardai mes vêtements souillés, je m'assis sur le rebord de mon lit en dissimulant sous ma langue la puissante pilule.

J'avais profité d'un moment d'inattention pour tousser afin d'expulser cette mort moléculaire que j'enfermais dorénavant dans mon poing, serrant mes doigts très forts contre mes paumes. Je disparaissais ensuite sous les draps. J'attendais, tête penchée sur le côté, le regard vide comme si le sommeil allait bientôt m'emporter. J'entendis la porte claquer, je restai immobile un instant essayant de calmer mes nerfs éprouvés en fixant le plafond.

Le médecin passa à la salle de soins pour prévenir l'équipe de nuit du problème qu'ils venaient de rencontrer, puis rangea ses affaires. Avant de partir, il parla au psychiatre qui s'apprêtait aussi à rentrer chez lui.

— Je viens de donner des Xp09 à trois patients. Le nouveau qui, depuis hier, n'a de cesse de se faire remarquer et les deux, Joséphine et Jeanne. C'est la première fois qu'elles se comportent ainsi, c'est très étonnant de les voir agressives alors que d'habitude elles sont si calmes. Ce soir, elles étaient déchaînées. Il fallait voir ça, c'était impressionnant. J'ai dû leur donner un XP09 alors qu'habituellement, on leur donne seulement une fois sur deux. Et ce soir nous ne devions pas leur en donner ! Le nouveau va nous donner du fil à retordre ! Ça tombe vraiment mal en ce moment ! Il faudra le surveiller celui-ci ! avoua-t-il un peu nerveux.

— Parmi les nouveaux, nous en avons toujours des plus sensibles, au début ! Il finira comme les autres par se soumettre, on finira par dompter son envie de liberté ! Nous avons toujours réussi même sans les Xp09. Et puis, tout ça n'est que provisoire. Profitez du week-end, à mardi.

Le jour de repos du médecin était le dimanche, le lundi aussi. Ce soir il avait hâte de repartir chez lui, d'oublier pendant deux jours cet endroit qui l'avait enfermé dix ans durant, pour accompagner ces êtres dans le dernier tournant. Depuis l'apparition des Xp09, il exerçait son métier plus sereinement ; cette découverte avait été bénéfique pour tous. Des années passées au contact de mourants avaient pourtant laissé des traces, des traces de profonde lassitude. Il était temps de tirer un trait sur ce présent, temps de savourer enfin ses journées de liberté très loin du territoire des âmes invisibles. Il lui semblait plus que jamais que la vie était devant lui, et qu'il en profiterait bientôt pleinement.

Sous la lumière des lampadaires, de la fenêtre de ma chambre, je repérai le visage d'un homme aux traits affaissés, je vis une silhouette molle, lessivée, s'installer dans une berline. *Le malade, c'est lui*, pensais-je instantanément. Je suivis la trajectoire de la voiture jusqu'à ce qu'elle se dissipe dans l'inconnue noirceur.

Je m'étais rassis sur le rebord du lit. Quelques minutes auparavant, j'avais jeté la pilule dans la cuvette des toilettes en râlant à mi-voix *ils sont bons qu'à donner des cachets, c'est vraiment tous des charlatans* ! J'avais ensuite verrouillé la porte à double tour, personne ne pouvait ainsi me surprendre en train de faire les cent pas à l'intérieur de cette prison. Je n'avais plus envie, ni même le temps de m'apitoyer.

J'étais pressé, j'avais déjà mal vécu le moment où tout s'était écroulé autour de moi, tous ces moments qui avaient provoqué mon isolement, ma dépression, cet immense désespoir, cette solitude incommensurable...Tout m'avait épuisé tant physiquement que mentalement.

Plus le temps passait, plus je m'évertuais à éloigner ces sombres pensées qui m'affaiblissaient.

Je me concentrai sur mon espoir, non sur ma tragédie. Je sentais mon énergie renaître, j'étais debout, déterminé à m'en sortir. A mesure que les heures défilaient, j'étais persuadé que j'allais surprendre les deux en train d'accomplir ce qui m'aiderait bientôt à fuir.

En faisant les cent pas dans la chambre, impatient et nerveux à la fois, je réfléchissais à ma prochaine action.

Au même moment, les J.J. attendaient avec impatience le signal d'Eddy. Elles étaient en colère ce soir, très éprouvées par ce qui venait d'arriver. Elles avaient vécu pour la première fois une sortie humiliante. Elles redoutaient la réaction des membres du groupe. Ce triste spectacle en avait-il affecté quelques-uns ?

13

Minuit cinq. J'empoigne ma veste avec une certaine nervosité, lampe frontale dans une poche ; dans l'autre, un tournevis pour me défendre, avais-je songé. Très doucement je déverrouille la porte de ma chambre, je fais quelques pas au milieu du couloir éclairé par des veilleuses qui projettent contre le mur des silhouettes difformes. L'odeur entêtante est remplacée par une autre qui agresse toujours aussi violemment mon nez et remue mon estomac comme une envie de dégueuler. Pour oublier cette odeur entêtante, je me concentre sur mon objectif.

Avant d'avancer, j'observe mon environnement ; les veilleuses comme des balises de lucioles vont éclairer mon parcours et guider mes pas à l'intérieur de cette obscurité. Je mets ma lampe frontale et je l'allume. J'avance jusqu'à l'intersection lentement en essayant de faire le moins de bruit possible, en évitant le frottement de mes chaussures sur le sol en linoléum. Je n'ai aucun itinéraire prévu, l'intuition seulement.

Tout est calme, seuls les murs tremblent à cause des ronflements qui s'écrasent lourdement contre les portes. Il n'y a rien d'intéressant à cet étage.

Arrivé aux escaliers, j'hésite. Je décide de descendre, seule la lumière de ma lampe frontale fend l'obscurité dorénavant, je dois ralentir et me cramponner à la rampe.

Je ressens quelques frayeurs jusqu'à la stabilité du sol. Arrivé en bas, sous l'embrasure d'une double porte restée ouverte, mes pas redeviennent plus rapides, les veilleuses ont réapparu. Une fenêtre qui claque. Je viens d'entendre à l'étage ce bruit qui me fige. Je reste un court instant immobile pour essayer de capter d'autres sons, mais le silence réapparaît. L'angoisse ne me quitte plus à cet instant, je vais devoir composer avec. Mon cœur cogne plus fort, et malgré toutes ces tensions que je ressens diffuses à quelques endroits de mon corps, je poursuis obstiné. Devant moi, un nouveau choix. A gauche, un long corridor de portes fermées, donnant accès sûrement à des chambres, et au bout une porte-fenêtre rejoignant l'extérieur. A ma droite, d'autres portes, puis un virage. Je choisis de prendre cette deuxième direction, j'avance jusqu'au tournant avec la peur comme unique compagne exerçant une pression grandissante sur ma nuque.

Immédiatement je capte une lumière un peu comme un phare au milieu de l'océan. Cette lumière m'attire et m'intrigue. Je repère plus loin, un mur en réfection avec un échafaudage recouvert d'une bâche en plastique. Plus loin une autre porte et au-delà, une voie sans issue. Je parcours quelques mètres tremblotant, front bouillonnant, la sueur dégoulinant le long de mes tempes tapageuses. Une chaleur désagréable contracte tous mes muscles. J'ai peur d'être surpris. J'avance jusqu'à la lumière de la porte devant laquelle je décide de m'arrêter ; je crois entendre des bruits, je colle mon oreille et je distingue deux voix que je reconnais immédiatement…A qui s'adressent-elles ?

Je capte quelques bribes de phrases *accident, mettre de l'ordre,* et puis une formule bizarre accolée au mot *rupture.*

Ma curiosité indocile m'harcèle. Sans même m'en apercevoir, je penche légèrement la tête sur le côté. Des images, des hommes, des femmes - aussi loin que ma vision me porte, ils sont au moins une dizaine en train d'écouter avec fascination le discours des deux rebelles. C'est incroyable ! Comment des gens si fragiles sur le point d'agoniser, si somnolents la journée peuvent-ils être debout aussi captivés et alertes ? Quel est ce miracle qui se produit à une heure si tardive, dans un lieu aussi fermé où la Mort sans cesse rôde, attentive et vicieuse dans chaque recoin ?

Cette scène m'accapare d'une façon que je ne saurais décrire. L'évènement dépasse ma compréhension. Je suis tellement absorbé par cette incroyable découverte que je ne perçois pas les claquements de semelles qui approchent. C'est seulement le tintement des verres qui me ramène à ma réalité m'avertissant qu'il faut que je parte au plus vite. Je ne vois qu'une solution, la bâche en plastique. Malgré les douleurs de plus en plus incisives au bas du ventre et cette abominable pression sur ma nuque, j'avance tout en éteignant ma lampe, puis au moment où je suis sous la bâche, le cœur tambourinant, je plaque ma tête contre le mur. J'essaie de tenir droit comme un i avec cette tension artérielle qui monte d'un cran. J'ai peur, atrocement peur. Ma respiration fait un bruit effrayant que j'essaie de contenir en serrant très fort mes mains contre ma bouche. À cet instant des images me parviennent, floues, imprécises, je devine une forme avançant vers la lumière qui frappe contre la porte où j'étais il y a une poignée de secondes. Dorénavant je marche comme un fildefériste, le vide en dessous, je prie fort pour que je parvienne de l'autre côté, sain et sauf, toujours en terre solitaire.

*

Eddy avait frappé à la porte des festivités, il est un peu tendu ce soir. De la cuisine, il avait observé impuissant la scène qui avait malmené ses protégées. Il aurait voulu les aider, mais il s'était ravisé pour ne rien laisser paraître, pour ne rien dévoiler de leur complicité. Depuis la création du groupe, il n'avait jamais été autant sollicité, trois ans que ça durait ainsi. Avant, il avait toujours été transparent pour les autres ; avec le groupe, il avait trouvé un sens à sa vie. Il avait obtenu des responsabilités, il prenait des initiatives. Il ne s'était jamais senti aussi vivant.

Avec eux, il avait mis de côté sa timidité excessive pour réaliser des choses exceptionnelles. Il était révolu le temps où il était laissé à sa solitude, il avait pris de l'envergure, il était devenu quelqu'un. Il donnait beaucoup de son temps pour voir briller dans les yeux de tous les membres du groupe, cette étincelle de bonheur qui le comblait de mille et une façons. Alors, il avait tenu à ajouter quelques mots à la fin du discours des J.J. Des mots simples, sans ambages qui avaient atténué l'épreuve vécue par tous, ce soir. On pouvait compter sur lui, Eddy, leur meilleur allié, l'homme sans qui ces échappées nocturnes n'auraient jamais eu lieu, et, voilà qu'il livrait ce vibrant témoignage qui faisait de lui un être d'exception. Il avait réussi à faire disparaître la scène humiliante que les leaders avaient subie ! Revenir à ce qui les réunissait depuis trois ans maintenant, c'était ça le plus notable : boire, manger, se détendre, se promener sans être dirigé, sans devoir se la fermer continuellement, sans se justifier pour tenter de profiter des quelques années ou mois qui restaient encore à vivre…La liberté s'exprimait parcimonieusement mais c'était suffisant pour leur faire oublier ce trou à rats ! Quelle joie ces applaudissements qui avaient gonflé sa volonté de continuer à les rendre heureux le plus longtemps possible.

*

La bâche en plastique s'était mise à vibrer au moment des applaudissements. Les images réapparurent presque aussitôt ; l'odeur de la nourriture me parvenait ainsi qu'un bruit de tables et de chaises qu'on déplace. À une heure aussi tardive sans que personne ne s'en soucie, tout semblait surréaliste. Où était le personnel soignant censé veiller sur les résidents ? Alors que je me croyais à l'abri, une silhouette dégingandée vint ébranler ma stabilité déjà très précaire. Ma respiration se mit à s'emballer, difficile à dompter, elle était de plus en plus insoumise. Était-ce la fin ? J'espérais que non. De cette silhouette patibulaire, seuls quelques centimètres nous séparaient. Une main se détacha soudain de ce corps, je devenais fiévreux à mesure que les secondes défilaient paresseuses et déterminantes. Sur le fil métallique, je tanguais. Cette foutue bâche tremblait au rythme des battements accélérés de mon cœur. Il fallait que ça tienne, sans ça…

Ma tension était au paroxysme, mon visage ruisselait à grosses gouttes de transpiration, tout mon corps suintait de peur…Puis la main s'arrêta comme par miracle, au son d'une voix. La silhouette fit demi-tour puis disparut dans la lumière de la pièce. Ma tension redescendit instantanément. J'entendais encore quelques allers-retours, puis les J.J. saluèrent le groupe en leur souhaitant bon appétit !

Dans le corridor, je les entendais réclamer le sac des Xp09. Lorsqu'elles s'exclamèrent on y va, j'étais de nouveau plongé dans ma solitude égarée, il était temps pour moi de sortir de cette cachette qui avait tenu bon par miracle.

J'attendis encore quelques secondes, puis je décidai de m'éloigner en regardant une dernière fois, à travers le hublot de la porte. La pièce s'était transformée en un endroit festif. J'entendais une musique de Bob Marley sur laquelle quelques corps bougeaient au rythme de leur vieillesse qu'ils portaient comme charge beaucoup plus légère subitement. Au milieu de la piste naissait une danse échevelée avec ou sans canne, il y avait des scènes improbables, hallucinantes qui s'invita un instant dans mon esprit médusé.

J'étais maintenant persuadé que l'avenir portait des ailes, ces ailes avec lesquelles j'allais pouvoir déguerpir. Mais avant, il fallait que je sache où les deux leaders avaient disparu.

Je ne m'attardai donc pas devant ce spectacle qui me fascinait pourtant, et j'empruntai avec un entrain démesuré les marches quatre à quatre, trébuchant parfois inéluctablement. J'étais habité par une force indescriptible jusqu'à en oublier les émanations putrides qui auraient pu freiner ma débordante motivation. Une seule obsession m'aveuglait.

Au moment où j'arrivai devant la fenêtre de ma chambre, je n'étais pas déçu, je voyais ce que j'avais deviné.

Sous le reflet de la lumière orangée des réverbères, je vis les deux vieilles et cet homme qui s'appelait Eddy, rejoindre une voiture. Je les ai ensuite suivis jusqu'à ce que les phares disparaissent dans les profondeurs obscures.

*

Les J.J. étaient loin d'imaginer qu'elles avaient été repérées. Ce qui les préoccupait le plus, c'était le sort de celui qui avait fait naître cette sortie de table humiliante :

— Qu'est-ce qu'on fait ?

— On réglera son cas comme on sait si bien le faire, avec un de nos cocktails, ceux dont on ne revient pas, ou bien une petite chute dans les escaliers ?!

— Le plus vite possible ! déclara Eddy.

— On attend la semaine prochaine. Pour ce soir, faisons la fête, on l'a bien méritée.

Au même moment, Joy sortit délicatement, de sa poitrine, le billet un peu humide.

*

J'avais réglé l'alarme de mon réveil sur quatre heures, l'heure à laquelle je pensais qu'elles reviendraient de leur échappée nocturne. J'avais tapé juste. De mon poste d'observation, j'avais vu resurgir la lumière crue des phares. En les voyant descendre de la voiture, sous les luminaires, il me semblait qu'elles étaient un peu différentes, leur démarche était plus légère, un peu titubante, un comportement que je n'avais pas remarqué à l'aller. Elles criaient en se marrant comme des jeunes filles enivrées, elles faisaient de grands gestes comme quelqu'un qui a trop bu…Mais rien ne pouvait leur arriver, Eddy veillait.

Je me sentais léger, presque apaisé pour la première fois, depuis mon enfermement, j'esquissais un sourire, j'éprouvais même de la joie.

14

Le dimanche était un jour particulier, un jour plus animé à cause des familles qui se déplaçaient nombreuses, venant parfois de loin pour passer du temps avec leur mourant, s'enquérir de leur santé, s'amuser avec eux pour les laisser retomber se débattre dans leur solitude juste avant le souper du soir.

Pour Jenny et Joy, aucune visite n'était annoncée. Leurs progénitures habitaient à plus deux cents bornes et venaient les voir de temps en temps, essentiellement pendant les vacances d'été et les fêtes de fin d'année.

De mon côté, il n'y avait aucune raison pour que je reçoive de la visite…Dans mon entourage, mon absence avait dû laisser beaucoup d'interrogations, mais j'étais presque certain que personne n'avait cherché à savoir où j'étais, qu'ils ignoraient tout de ma nouvelle demeure. Peut-être n'avais-je pas disparu assez longtemps pour qu'ils lancent un avis de recherche ? Depuis plusieurs semaines, je n'avais pas donné de mes nouvelles à ma nièce, je me demandais si elle avait cherché à me contacter.

Ce dimanche en particulier était plus angoissant, à cause de la future pénurie qui s'annonçait. Ceux qui avaient connu la période sans les Xp09 savaient à quel point tout pouvait rapidement basculer dans la tragédie. De mauvais souvenirs revenaient par bribes les titillaient. Aujourd'hui, les soignants avaient ordre d'essayer de calmer l'insurgé par des mots, avant de donner une pilule. Tout ça foutait le moral à zéro ! Quelles paroles seraient suffisamment efficaces pour combattre le démon qui se promenait dans ces corps affaiblis ? Quels mots assez puissants pouvaient abréger leurs souffrances ? Ces mots qui avaient été remplacés depuis si longtemps par des formules chimiques. Il fallait pourtant éviter la contagion, faire en sorte que ce feu d'artifice ne projette ses éclats nuisibles sur les visiteurs innocents. Entretenir la bonne image de l'établissement était primordiale.

Si toutes les tentatives échouaient, ce dimanche l'équipe soignante était encore autorisée à donner un Xp09, une dernière fois, avant la rupture ! Lundi, ce médicament ne serait plus distribué en journée, pour permettre de prolonger celui du soir…La directrice les convoquerait chacun leur tour pour faire appliquer les nouvelles consignes.

Ce dimanche, Jenny et Joy n'avaient qu'une seule envie : dormir.

Elles avaient la tête de ceux qui ont la gueule de bois, mais qu'importe, à la résidence c'était normal d'avoir l'air malade. Elles avaient dégoté deux fauteuils, loin du poste de télé qui braillait déjà pour maintenir éveillés certains résidents attendant la visite de leur famille. Après le petit déjeuner qu'elles avaient vomi dans les toilettes, sûrement à cause de leur soirée arrosée, à moins que ça soit les tartines de beurre qui ne soient pas passées, le genre un peu périmé, elles avaient choisi un coin tranquille pour se reposer.

Quelques heures auparavant, Eddy comme d'habitude avait assuré en les installant chacune dans leur lit, elles n'avaient pas mis longtemps avant de s'endormir. Aidé par trois élus, il avait ensuite rangé les lieux avant le réveil des astreintes à six heures. Puis il avait vérifié si tous les autres fêtards étaient rentrés dans leur chambre. Eddy disposait d'une heure environ pour tout masquer ; il avait toujours été dans les temps. Il n'avait jamais eu de problème. Les pensionnaires étaient censés se réveiller à la même heure, aux alentours de sept heures. Au réveil, la pilule ne produisait plus aucun effet, le médicament avait disparu depuis, mais le sommeil artificiel laissait chez certains un désagréable mal de tête qui les accompagnait toute la matinée.

Ce matin, les deux vieilles prirent donc un siège à l'écart du tintamarre qui allait croître au fil des heures. En un rien de temps, elles sombrèrent, bouche entrouverte comme si elles avaient été terrassées par le sommeil.

Au moment où je m'installai en face, elles dormaient déjà profondément. J'attendrais le temps qu'il faut pour les aborder à nouveau. J'avais toute la journée. Je me suis donc assis sur un siège plutôt confortable, en cherchant à me distraire, j'observai ainsi les gens à l'intérieur de cette pièce éclairée par un plafond de verre où un ciel bleu sans nuages offrait une vue panoptique de l'environnement. Je commentai les va-et-vient de certaines familles qui venaient déjà chercher leur malade pour les emmener faire une balade un peu comme on promène un clébard avec une laisse (la leur était invisible).

Une infirmière passa devant moi en interpellant Chloé :

— Sortez Georgette pour sa cigarette, elle va réclamer sa dose de nicotine ! Je dois m'occuper de celui qui est tombé. Ensuite, il faut aider à faire la toilette de la défunte d'hier soir.

La jeune stagiaire s'exécuta en baissant la tête, elle se dirigea d'un pas alerte vers celle qui était déjà plantée devant la porte bloquant ainsi le passage des familles. Je les regardais disparaître dans le sas de sécurité.

Pour tuer le temps, je pris une brochure posée sur la table basse. Je m'en emparai et tournai les premières pages. Ce livret de bienvenue dévoilait la vie à la résidence Le Saule et présentait ses employés ainsi que certains pensionnaires. Les photos attirèrent mon attention. Je me mis à commenter, avec un sourire narquois, ces photos avec des vieux souriant bêtement à la vue d'une fleur, un autre en train de siroter un jus d'orange à l'ombre d'un cyprès avec un proche, ou encore cette vieille installée confortablement dans son fauteuil en lisant un bouquin de huit cents pages, tout ça me paraissait exagéré. *Ce livret était un leurre* pensais-je immédiatement ! Ceux qui prenaient la pose avaient dans leurs yeux une étincelle de bonheur, un éclat lumineux que je ne voyais pas chez ceux que je croisais dans la réalité ! Sur cette brochure, l'équipe soignante semblait disponible, préoccupée du sort de chacun semblant suggérer *Quels bonheur et privilège, un luxe de vieillir dans un environnement sécurisé, loin des vicissitudes du monde extérieur.* Ces photos dévoilaient des gens épanouis entourés d'amour ! Je me demandais si le personnel planquait dans leur poche les fameuses pilules qui endormaient si bien en si peu de temps !

Le texte devait certainement oublier de mentionner ces neuroleptiques qui enfermaient les esprits dans une dépendance avilissante. Lorsque je découvris les photos sur la cantine, j'ai cru que je m'étouffais ! Un serveur élégant apportant un mets raffiné à des vieux souriant comme s'ils déjeunaient dans un restaurant étoilé. Ce genre d'inepties était vraiment se foutre de la gueule des…Il y avait sûrement des gens assez crédules pour penser qu'on leur servait aussi du vin, un excellent cru ! Une brochure aux images retouchées pour appâter le chaland, voilà ce que cette brochure dévoilait, aucun ne ressemblait à ceux que j'avais vus, aucun décor ne dépeignait la réalité ! Ce que je voyais, c'était des visages déformés, le menton pointant parfois exagérément comme un croissant de lune, une bouche qui ne ressemble plus vraiment à une bouche mais à une fente pour laisser passer la nourriture, et aux extrémités, ces pieds gonflés par le manque d'activité.

Évidemment, il y avait des différences entre les résidents, des visages beaucoup moins marqués, moins fripés, parfois beaucoup d'années d'écart les séparaient, et même si certains apparaissaient vigoureux, oui je sais que ça peut paraître étrange, certains m'apparaissaient dans une forme physique presque resplendissante lorsque je les surprenais en train de monter et descendre l'escalier.

D'ailleurs je ne me considérais pas du tout comme certains grabataires, ni même comme les deux que j'étais en train de surveiller, même si la journée elles jouaient la comédie à la perfection.

Je repensais ainsi aux symptômes, à notre point commun à tous, ce diagnostic qui nous enfermait dans cet endroit que je ne pouvais décidément pas me résoudre à aimer. Mourir ou devenir fou, devenir fou ou mourir, ni l'un, ni l'autre…J'avais choisi de VIVRE et je n'avais pas d'autre choix que de partir. Peut-être que d'autres viendraient avec moi, le groupe que j'avais espionné la nuit dernière pouvait tout aussi bien décider de partir…

Cette dernière idée me traversa l'esprit sans que je n'y prête guère d'attention à ce moment-là, sûrement parce que je la considérais absurde et irréalisable…*De toute façon, il faut que je sauve ma peau d'abord* avais-je conclu.

Je posai de nouveau un regard acerbe sur ces photos qui montraient des gens heureux jouant aux cartes ou lisant tranquillement avec une tasse de café…N'étais-je pas en première ligne pour observer les comportements ?! N'étais-je pas le mieux placé pour comprendre que les choses étaient différentes de cette brochure ? En réalité tout le monde était dans le même bateau pour la même destination !

Personne ne pouvait rien contre cette fatalité, et ce n'est pas une fleur, un livre, un sourire qui allaient inverser les aiguilles d'une montre. Beaucoup semblaient attendre la maîtresse des lieux pour qu'elle vienne les libérer. La médecine était qu'un sbire déjouant son exigence en maintenant en vie les fonctions vitales de ses proies. Sans ces soins, les malades seraient déjà dans les bras de la despotique...La médecine avait posé un diagnostic, il fallait aller au bout, et même si nous allions tous vers la même destination, il fallait combattre avec elle la maîtresse des lieux. Aujourd'hui, je remarquai que le personnel était très motivé à enrubanner leur momie, sûrement pour coller à cette *brochure calomnieuse* pensais-je.

Excédé, je finis par la jeter sur la table, je préférais fermer les yeux pour réfléchir à ma prochaine action. Le futur, c'était les deux qui pionçaient en face de moi. Il fallait que je m'incruste dans l'une de leurs virées nocturnes. Imaginer aussi des solutions de repli au cas où elles refuseraient de m'aider...Arriverais-je à les convaincre ? Fallait-il obtenir l'accord d'Eddy ? Je réfléchissais à des solutions. Soudain un râle assourdissant me sortit de mes projections.

Devant les regards ahuris des spectateurs, juste au-dessus, au premier, un vieil homme gueulant des mots incompréhensifs, sorte de barbarismes dont lui-même ne connaissait certainement pas le sens, était en train de monter sur la balustrade des escaliers dans l'intention de se jeter dans le vide...Deux soignantes surgirent en criant *descendez Monsieur Antonin*.

Elles se précipitèrent pour l'empêcher de commettre l'irréparable ! Les deux soignantes réussirent à l'intercepter avant qu'il ne jette sa vieille carcasse dans le vide où trois mètres l'attendaient pour le réceptionner avec fracas. Elles réussirent à s'approcher à temps. Il était habité par une grande agitation ; il avait sorti ses poings et avait commencé à taper sur l'une des deux, qui par réflexe, se recula. Pour défendre sa collègue, l'autre avança vers lui, et posa ses bras autour de son buste. Il gesticulait avec une force incroyable.

Soudain une troisième personne vint à la rescousse pour le raisonner tout en essayant de se protéger des coups. Les soignantes profitèrent d'un moment d'essoufflement pour immobiliser ses bras et ses jambes et réussirent à l'amener loin des regards interloqués. Calmer l'enragé comme on arrache une mauvaise herbe était bien la finalité. Si je ne surveillais pas les deux endormies, il aurait été certainement intéressant de suivre le cortège pour savoir comment elles parviendraient à lui administrer une dose de Xp09…

*

En chemin, les soignantes avaient commencé à le raisonner en appliquant les nouvelles consignes. Des mots contre des maux…Sur ce visage ruisselant de colère, quelques gouttes s'arrêtaient parfois aux commissures de sa bouche d'où jaillissaient des insultes : *lâchez-moi connasses, vous allez voir je vais vous botter le cul, sa-lo-pes*. Les mots ne semblaient avoir aucun effet. Pourtant un moment, le calme réapparut. C'est à cet instant qu'elles relâchèrent la pression. Erreurs fatales.

Au seuil de la porte, elles assistèrent à sa renaissance. Il se précipita vers la petite table de bureau et la renversa pour ériger une barrière. Il prit une chaise, la lança en direction des trois femmes. Comme dans un jeu de quilles, l'une d'elles tomba. Elle sortit de la chambre, l'arcade sourcilière en sang. Il fallait aller chercher une pilule, les mots n'avaient aucune prise sur lui. La situation devenait préoccupante. Un rire effroyable se répandit et glaça les veines des deux survivantes. Encore deux à éliminer. La haine reprenait possession de son corps.

Il se mit à bouger dans tous les sens comme envoûté par une force destructrice. À une autre époque, on aurait certainement fait appel à un homme de foi ; depuis, la médecine avait su trouver des solutions plus efficaces, en puisant dans une foi moléculaire.

Grâce au bureau renversé qui lui servait de barrière, il était dans son espace protégé, debout à côté de la table de chevet et du lit situés vers la fenêtre. De l'autre côté de cette barrière improvisée, les soignantes continuaient de combattre l'énergumène avec des mots…Des mots, il s'en foutait. Il y avait plus aucune place pour ce baratin dans sa tête.

Là-dedans, c'était intenable, tout était à l'étroit, son cerveau lançait des bourdonnements qui lui donnaient envie de se fracasser la tête contre les murs. Ça résonnait comme une enclume. A l'intérieur, une voix l'intimait de tout saccager, cette prison, ces gens, sa réalité. Il n'entendait rien d'autre que son mal de vivre.

Soudain il souleva la table de chevet et la projeta contre la fenêtre avec une telle violence que la vitre se fendit au centre d'un long trait. En peu de temps, sa chambre devenait le chaos de sa colère. Chloé apparut à ce moment-là, sur le pas de la porte, le visage rougi d'appréhension. C'était la première fois qu'elle découvrait un pensionnaire aussi furieux. Dans sa main, elle avait un Xp09. Au moment où elle s'avança, le souffle haletant, elle assista à une scène dont elle se serait bien passée pour alimenter son rapport de stage, froissant totalement ses convictions sur le métier ainsi que ses motivations. C'est comme s'il l'avait attendue. Le vieil homme était debout sur le lit quand elle passa la porte, elle le vit sauter sur l'une des deux femmes qu'il poussa brusquement contre le mur. Un hurlement éclata, un cri, une morsure, du sang coulait du bras de la victime. L'excité avait pincé si fort sa peau qu'il en recracha un bout sur le sol. Il n'avait pas l'intention de s'arrêter là ; il continua à frapper de ses poings, la pauvre victime à terre.

Il était animé par une force diabolique et sa victime apeurée toujours plaquée contre le mur ne demandait qu'une chose, qu'on la délivre au plus vite des bras de l'enfer. Sa collègue restée libre de ses mouvements commença à frapper le malade aussi fort qu'elle put.

Il se montra soudain moins acharné, moins envoûté. Elle réussit à encercler sa gorge avec son bras, et avec l'autre bras à maintenir sa tête en arrière. Elle ordonna à Chloé :

— Donne-moi la pilule, prends un verre d'eau dans la salle de bains ! vite ! vite !

Chloé s'exécuta…Elle remplit le verre dans la salle de bains avec des mains tremblantes puis se précipita, le souffle haletant, vers sa collègue qui continuait à affaiblir le vieil homme. C'était plutôt consternant de la voir s'acharner sur un être aussi fragile, mais pour le raisonner, malheureusement il n'y avait qu'une solution. Sa collègue maintenait la pression sur sa gorge grâce à son avant-bras en appuyant tellement fort que le vieux n'arrivait même plus à émettre un son. Ses gestes étaient devenus moins vivaces, il commençait à s'affaiblir. Elle ordonna à la jeune stagiaire :

— Je lui donne la pilule, et toi l'eau.

La victime au sol s'était ressaisie malgré ses blessures, elle parvenait à tenir les mains de l'énergumène, par chance ces genoux repliés permettaient à ces pieds de rester immobiles. L'infirmière qui détenait le Xp09 approcha sa main de la bouche avec précaution, pour éviter de se faire mal, car l'enragé avait conservé une solide dentition et même si le calme semblait revenu, il fallait rester vigilant. Après quelques tentatives, elle réussit à glisser le cachet à l'intérieur de la bouche.

— À toi Chloé !

Chacune avait un rôle. Chaque geste devait être précis pour ne laisser aucune chance au patient de reprendre le dessus, car, dans ses yeux, rictus menaçant d'un rouge écarlate, aucun doute, il guettait la faille. L'infirmière continuait à le maîtriser, et Chloé lui donna l'eau, elle put aussi vérifier que la pilule avait disparu. Elle se recula instantanément pour le laisser partir. Il courut ainsi dans le couloir expulser son mal-être. Bientôt le cachet produirait son effet. Les deux infirmières paraissaient soulagées. Chloé sortit de la chambre pour observer celui qui continuait à hurler son mal-être. Elle se posta au milieu du couloir pour le voir disparaître dans l'autre aile du bâtiment, il criait comme quelqu'un qui fuit un tortionnaire invisible. Puis il eut un grand bruit comme un immense choc. Une tête qui cogne sur un objet en verre. Elle le vit revenir avec une bulle gonflée de sang sur son front. Au moment où il venait vers elle, il mit la main sur son cœur et s'écroula sur le sol en lino.

Les soignantes se dirigèrent vers lui ; la pilule avait produit son effet, son redoutable effet. Enfin avaient-elles lancé, soulagées. Il allait maintenant dormir profondément.

Au réveil, il garderait une sensation désagréable, ce mal de tête lancinant qui cognerait avec acharnement sur son mal-être qu'il n'arriverait pas à se défaire tant qu'il continuerait à vouloir être en révolte, en vie. Il y aurait une nouvelle violence jusqu'au jour où tout finirait par s'éteindre définitivement. En partant, elles l'installèrent sur une chaise roulante ; il était devenu léger comme une plume. Une des infirmières l'emmena en salle de soins pour effacer ses blessures, puis elle l'installerait dans la grande pièce avec les autres en attendant son réveil. Un de moins à s'occuper s'écria l'une d'elles en posant une main sur son bras blessé.

15

J'attendais que les deux qui pionçaient se réveillent. Après avoir découvert cette brochure qui m'avait profondément agacé, et ce spectacle terrifiant auquel j'avais assisté, j'observai d'autres scènes.

J'avais remarqué que certains parlaient seuls, d'autres poussaient des cris stridents comme s'ils revenaient d'un monde parallèle, et puis il y avait ceux qui inactifs se muraient dans leur silence. Chaque partition était unique. Pour moi, il n'y avait qu'une seule façon de la jouer. Mon obsession était vivace, j'en avais fait ma ligne de mire, c'était ma liberté, cette chère liberté me tenait éveillé.

En jetant des regards obliques sur mes deux endormies, je me posai des questions. Qui jouait la comédie une fois les lumières éteintes ? Qui avait accepté d'être conforme au rôle que la médecine leur distribuait ?

Je trouvais extraordinaire ce que j'avais découvert cette nuit, qu'en des lieux aussi restreints, certains puissent créer leur espace de liberté.

En levant les yeux, sur la baie vitrée, j'aperçus un point minuscule, je suivis la trace de cet avion jusqu'à ce qu'il disparaisse.

Une femme traînant un vieil homme pour l'asseoir à côté de moi, m'extirpa de ma rêverie.

Un jour, ils avaient été un couple. Malgré les traits inexpressifs sur le visage du résident qui semblait quand même un peu surpris de voir cette femme s'occuper de lui, peut-être se disait-il en parallèle de cet amour défunt *tu m'as laissé crever ici...tu m'as abandonné*.

Tandis qu'elle continuait de l'embrasser tendrement, je trouvais sa fougue suspecte, cette tendresse me paraissait inutile, j'avais presque envie de lui dire, car lui le vieux continuait d'afficher son indifférence. Maintenant qu'il avait épousé l'autre compagne, cette maladie dont l'union était consolidée par un contrat indéterminé à la résidence, avait-il vraiment besoin de la tendresse de cette femme qu'il considérait comme étrangère ?

Toutes ces scènes, tous ces bruits nourrissaient mon regard encore un peu naïf. Avant, je n'avais pas conscience qu'il existait un lieu où se concentraient tant de misères humaines, oui je l'ignorais avant d'y être moi-même prisonnier.

Tandis que je cherchais un autre siège pour m'éloigner de ces visions sordides, je fus interrompu par une femme au teint anémiant, qui s'installa à côté de moi, elle commença à me parler.

— Ici on ne nous laisse jamais sortir…Pourtant je ne suis pas malade. Pourquoi nous donnent-ils des cachets ? Vous savez ce que je veux ?

Un silence poli s'interposa entre nous. Je fis un mouvement de tête pour qu'elle puisse me livrer la suite de son histoire :

— Ce que je veux, c'est rejoindre ma sœur. Elle habite dans le sud où il y a toujours du soleil. Vous savez c'est long de rester toute la journée à attendre. Personne ne vient me voir, à part cette dame de temps en temps qui me parle de paperasses. Il paraît que ma sœur ne peut pas venir me voir car elle habite trop loin. Ils disent tous que je suis trop fragile pour vivre avec elle.

Je fus troublé par ces quelques mots, des mots qui résonnaient fort en moi. Ses propos n'étaient pas confus, son comportement n'avait rien d'ambigu, au contraire je la trouvais plutôt lucide.

Je restai silencieux accaparé par de sombres pensées, je continuai à guetter l'apparition d'un comportement anormal, un signe de démence qui rendrait son discours bizarre, sa présence en ces lieux justifiée. À part la commissure de ses lèvres qui tremblait par moments, tout semblait normal. Elle n'était ni incohérente, ni agressive, ni folle. Je comprenais ses maux et son envie d'être ailleurs. Le silence s'installa cette fois plus longtemps, puis de nouveau je l'encourageai à parler :

— Comment vous appelez-vous ? Depuis combien de temps êtes-vous ici ?

— Paulette, mais tout le monde m'appelle Paupie. Combien de temps ? Je ne sais pas, je ne sais plus...Le temps, vous voyez c'est cette horloge là-bas qui s'est arrêtée...Elle affiche tous les jours les mêmes heures, les mêmes angoisses. Je n'en peux plus de tous ces gens qui soi-disant s'inquiètent pour nous. Je ne sais pas ce qu'on attend vraiment, enfin si je le sais, mais je ne préfère pas y penser. J'aimerais tellement être ailleurs, vous savez, c'est long d'attendre.

J'entendis le craquèlement de mon cœur s'éparpiller en mille morceaux ; sa lucidité me laissait sans voix. Je pensais que j'étais le seul à être vraiment vivant, à éprouver l'isolement de cet enfermement. Je pris conscience que notre souffrance était commune. Même si j'avais acquis la certitude de mon départ imminent, je ne pensais pas que d'autres ressentaient une si forte envie d'ailleurs...

À mon plan d'évasion, j'y pensais constamment. C'était devenu une obsession. Je savais que tout serait bientôt fini. Mais je venais de comprendre que d'autres, du moins cette femme pensait comme moi à cet instant, et je ne pouvais pas être indifférent à son cri pourtant si discret, mais qui ressemblait étrangement au mien.

Mes yeux s'assombrirent subitement ; des larmes auraient certainement jailli si la rage et l'espoir ne les retenaient pas aussi farouchement. Je m'éloignai d'elle, j'avais besoin de calme pour réfléchir, je voulais oublier ces mots qui défilaient dans mon esprit fiévreux. En partant je lui chuchotai une phrase presque insensée :

— Vous ne mourrez pas ici ! Vous serez bientôt libre !

Une idée au contour encore flou s'était immiscée dans mon esprit, je ne savais pas encore qu'elle deviendrait possible au moment où je la formulais ! Je regardai de nouveau les deux qui continuaient à dormir profondément, je comprenais qu'elles dormiraient jusqu'à midi. Je ne tenais déjà plus en place dans cette pièce de plus en plus exiguë. J'avais besoin d'air. Tandis que je m'éloignai, un homme vêtu de noir passa devant moi ; il poussait une table métallique avec des petites roues, recouverte d'un linceul.

Le croque-mort traversa la grande pièce devant un public presque indifférent. Cette nuit, la Mort en avait chopé un. Le cadavre passait saluer une dernière fois *ça y est, je me barre, je suis enfin libre*. Moi, je ne voulais pas de cette liberté.

Cette vision morbide me fit quitter la pièce plus rapidement que prévu, je quittai ainsi mon fauteuil en laissant ma compagne d'infortune parler avec d'autres.

En parcourant les longs couloirs sombres jusqu'à ma chambre, j'empruntai un air vaporeux avec ce regard éteint pour coller à l'esprit des lieux, mais en réalité, j'observais minutieusement tous les recoins de la résidence.

Chaque détail comptait, aucun ne devait m'échapper. En chemin, je croisai quelques squelettes égarés, certains accompagnaient leurs pas saccadés par quelques cris intempestifs, d'autres étaient par terre en train de soliloquer avec l'invisible. Je croisai des femmes et des hommes en blouse blanche ; en les frôlant, j'entendis une infirmière commenter les résultats biologiques :

— Les chiffres ne sont pas bons ! Vous voyez là, le potassium à 2,7, on est à la limite de la déshydratation, regardez ici on est à 7,3 c'est très dangereux si ça continue d'augmenter, il peut faire une hémorragie, là ce n'est pas bon non plus on est à 3,7…non ça ne va vraiment pas, il faut le surveiller celui-là ! Bon allez, on se dépêche, on a beaucoup de travail aujourd'hui…

Ces mots chiffrés ne me seraient d'aucune utilité dans mon projet, mais il y avait quelque chose d'important que je retenais : le dimanche était un jour particulièrement agité, un jour peut-être idéal pour partir.

Je commençai déjà à programmer une date, une heure, ça me raccrochait à l'espoir. J'arrivai ainsi jusqu'à ma chambre avec la projection d'un avenir lumineux.

Je voulais vérifier que mon pactole était toujours bien caché. Je tournai ainsi la poignée de la porte avec une certaine appréhension, certainement la peur de surprendre quelqu'un en train de fouiller dans mes affaires. J'étais devenu parano.

J'avançai ainsi lentement, presque sur la pointe des pieds, le cœur serré. Je jetai un œil distrait à la salle de bains. Arrivé dans la pièce principale, mon appréhension disparut totalement.

Avant de vérifier ma cachette, je fermai à double tour la porte de ma chambre. Puis, une fois devant l'armoire, je poussai les vêtements derrière lesquels j'avais dissimulé mon précieux trésor.

Rien n'avait bougé. Seul le billet que j'avais laissé négligemment sur la table de chevet avait été volé. Les résidents n'avaient plus besoin d'argent. Ici les familles ou les tuteurs s'occupaient de régler toutes les factures. Aucune pièce, aucun billet ne circulait. J'étais le seul à posséder cette petite réserve...Le matelas, une planque connue depuis la nuit des temps qui s'était avéré pourtant une cachette efficace pendant des années dans mon appartement, maintenant c'était impensable. Heureusement j'en avais trouvé une autre que j'estimais plus sûre.

En vérifiant que tout était bien rangé, j'avais cajolé un instant de mon regard mes économies qui me serviraient indéniablement à la réussite de mon plan. Même si je pensais avec conviction que l'argent ne servait à rien ici, j'avais maintenant la conviction que certains résidents comme les deux vieilles extravagantes pourraient en faire un usage ciblé, qu'elles pourraient s'en servir pour leurs sorties nocturnes...

Une idée vint illuminer mon esprit. Ne devais-je pas mettre toutes les chances de mon côté ?

Tandis que je ressassai ma nouvelle idée, je cherchais la somme idéale d'argent que je pourrais leur proposer en échange de ma liberté.

Avant de retourner dans la grande pièce commune, je pris la décision de faire une halte dans le jardin. Changer d'air me ferait le plus grand bien.

En sortant de ma chambre, après avoir fait quelques pas, je tombai sur Chloé qui m'avait l'air un peu abattue, le regard sombre et inquiet, je m'approchai d'elle pour lui demander de fermer la porte de ma chambre à clé.

— Je vais la fermer, assura-t-elle.

Je lui fis un signe de la main pour la remercier.

J'arrivai au jardin où le soleil généreux irradiait. Je repérai un banc de libre, je m'y installai sous la frondaison d'un arbre rustique en étirant mes jambes.

Des rayons du soleil traversant les feuilles palmées formaient sur mon visage de petites lumières animées.

Je regardai le ciel sans nuages, il était beau ce ciel, plein de promesses…Une légère bise accompagna ma somnolence. Je remontai le col de ma veste et m'assoupis paisiblement.

*

Chloé essayait de se concentrer sur son travail, hélas son esprit était ailleurs. Elle continuait de voir les images violentes qui avaient ébranlé sérieusement sa motivation. Prendre l'air, sortir, quitter un moment la résidence était nécessaire.

Dans sa poche, elle serra son paquet de cigarettes ; l'envie de s'en griller une était devenue vitale. Elle abandonna une patiente à qui elle donnait un verre d'eau, et elle sortit. Arrivée dehors, elle se dirigea instantanément vers une collègue, aide-soignante pour obtenir du réconfort.

— Aujourd'hui j'ai vécu la scène la plus angoissante depuis que je suis arrivée, commenta-t-elle en allumant sa cigarette. Monsieur Antonin est devenu complètement fou tout à l'heure, personne n'arrivait à le raisonner.

— J'ai su ce qui s'était passé avec lui...ça fait combien de temps que tu es ici ?

— Bientôt trois semaines.

— Moi ça fait cinq ans, et je t'assure, ce que tu as vécu aujourd'hui n'est rien à comparer de ce que j'ai vécu au début. Tous les jours, on avait un cas comme lui, on n'avait pas à l'époque les moyens qu'on a maintenant. On avait beaucoup de mal à les calmer, et puis un jour les Xp09 sont apparues miraculeusement. Maintenant, c'est assez exceptionnel de voir un cas comme Antonin, car on ne laisse plus un patient devenir fou, on le calme avant avec l'Xp09. Avec ces médicaments, on règle pas mal de problèmes, ils savent si bien dompter leurs angoisses. Quand on ne les avait pas, je me souviens de scènes hallucinantes au début, comme celles que tu as vécues ce matin. Pour ce patient, il faudra peut-être encore un mois ou deux de traitement avant qu'il ne s'acclimate. Il finira par se plier. Il n'a pas le choix. Malheureusement, on va bientôt être en rupture des pilules, c'est vrai que j'angoisse un peu ! Heureusement la livraison devrait arriver bientôt. Il faut rester zen. Bon allez, retournons travailler, tu viens ?

— J'arrive !

Chloé continua à tirer nerveusement sur sa cigarette, comme si elle cherchait à asphyxier ses angoisses. Son esprit ne lui laissait aucun répit, elle voyait précisément toutes ces images déstabilisantes comme si elle revivait continuellement la scène. Tout ça lui provoquait un profond mal-être et ce violent mal de tête qui semblait vouloir siéger.

Elle était immobile comme si ses jambes ne pouvaient plus la porter ; elle avait une vue sur le jardin et elle repéra immédiatement la silhouette allongée du vieil homme qui lui avait demandé de téléphoner à sa nièce. Elle avait vu de la colère dans ses yeux à lui aussi, une colère qui aurait pu se traduire par de violents comportements comme ceux du patient de ce matin.

Il leur faut un temps d'adaptation avait-elle murmuré pour éloigner ses peurs. Combien de temps ? Elle écrasa avec son pied la cigarette contre le bitume pensant laisser derrière elle ces questionnements…

16

À cause de cet affreux dégingandé qui était venu leur gueuler dessus, les J.J. s'étaient réveillées en sursaut. Il avait d'abord hurlé dans l'oreille gauche de Joy qui, d'un mouvement brusque, avait vu étonnée le visage du vieux fou penché sur elle. Cette sortie brutale avait dérouté son cœur qui se mit à battre exagérément, figeant ainsi son corps pendant quelques secondes. Jenny eut le droit au même traitement, même cri, même intensité dans l'oreille droite, même agacement. Son cœur avait bien failli s'arrêter. Cependant elle avait immédiatement posé sur l'excité un regard foudroyant, un de ceux qui en dit long sur la haine qu'elle ressentait à cet instant envers celui qui avait osé la réveiller si brutalement. Elle lui avait immédiatement ordonné de disparaître ; le ton qu'elle emprunta était convaincant, car aussitôt il s'en alla casser les pieds à une famille d'une résidente qui demanda à ce qu'on s'en débarrasse au plus vite. Chloé qui passait à ce moment-là embarqua l'excité.

Les J.J. se regardèrent un instant ; ce brusque réveil leur avait laissé un goût amer.

Elles décidèrent ainsi de quitter cette pièce de plus en plus bruyante pour un endroit plus tranquille. Elles savaient où le trouver. Dimanche était un jour où personne ne prêtait guère attention aux patients les plus calmes, la préoccupation était les familles qui posaient d'ailleurs énormément de questions.

Elles en profiteraient ainsi pour s'éclipser au sous-sol dans une pièce dans laquelle elles pouvaient s'allonger sur des matelas.

Une heure passa, peut-être plus. Sur ce banc, je m'étais assoupi. Les rayons du soleil m'avaient bercé. Un bruit dans mes oreilles me sortit doucement de ma torpeur. Un bourdonnement celui d'un insecte que j'éloignais d'un mouvement de main. J'ouvris ainsi des yeux neufs et reposés sur ma réalité. Je restais immobile un instant profitant encore des rayons généreux du soleil. J'entendis une voix de femme crier *Le déjeuner va être servi, il faut rentrer.* Je me tourne, la soignante me fait de grands gestes. Je me dirige vers elle, la mine réjouie. Dans mon esprit, l'image des deux que j'avais laissées vient de réapparaître.

À l'idée de les retrouver, mon visage s'illumine. J'ai hâte de leur parler de mon projet, du futur. Je presse le pas. Arrivé dans la salle à manger, avant même de chercher une place, je regarde si je les vois.

Une panique comme un frisson prend possession de mon corps. Où sont-elles ?

Je me souviens de l'autre salle à manger, mais la soignante insiste pour que je cherche une place, alors je m'installe l'air dépité devant un plat de légumes peu ragoûtant, tout en essayant de cacher ma nervosité. Après tout, ce n'est pas le meilleur endroit pour établir le contact ; je repense à la bataille de la veille. A côté de moi, je reconnais Paupie, la résidente qui m'a abordé ce matin. Elle me fixe avec des yeux pétillants ; malgré son air pâle et craintif, elle a un côté charmeur.

Je remarque ses mains peu ridées qui rendent ces gestes presque élégants. Je lui souris, et j'entame la conversation :

— C'n'est pas si mauvais le repas ! Dis-je en me forçant un peu.

— Le dimanche, ils adorent nous donner des haricots, ou des petits pois…Je n'aime pas manger ici. En plus, j'aime bien boire un verre de vin. Une fois, l'an dernier, pour mes soixante-dix ans j'ai osé leur demander un verre de rosé. Et vous savez ce qu'ils m'ont apporté ?!

Je donnais mon accord.

— Du sirop de pamplemousse ! Au départ, j'ai rigolé, vous pensez, mais eux ils étaient sérieux. Alors, je leur ai dit que ce n'était pas du rosé ! Vous savez ce qu'ils m'ont répondu *qu'il y avait que ça.* J'étais en colère, mais j'ai rien dit, j'ai accepté de boire. Je n'avais pas le choix.

Je la trouvais pas si vieille comparer à certains, elle n'avait que soixante et onze ans. Les écarts d'âge entre les pensionnaires ne m'avaient d'ailleurs pas échappé, les physionomies étaient toutes différentes, c'est ce qui m'avait marqué aussi, certains avaient plus de vitalité que d'autres. Je voulais savoir si elle habitait ici depuis longtemps, mais je préférais aller sur un autre terrain :

— Si on peut même plus boire du vin !

Aussitôt je lève la main, j'interpelle une dame en blouse bleue et réclame mon verre de vin. Elle répond avec autorité :

— Non ce n'est pas possible Monsieur.

J'étais devenu rouge écarlate, prêt à bondir de colère sur le visage austère de cette femme qui osait me contredire :

— Je veux du rouge avec mon repas ! Dis-je sur un ton menaçant.

La soignante se met à vaciller. Je vois bien que je l'ai perturbée, elle reste silencieuse ne sachant pas quoi faire, elle regarde sa collègue qui d'un mouvement de tête, l'air un peu désolée, disparaît dans les cuisines. Je pense qu'elle ne reviendra pas, et pourtant lorsqu'elle réapparaît avec un liquide rouge dans un verre, je la remercie d'un sourire forcé.

En me tendant le verre, elle me sermonne:

— Exceptionnellement Monsieur, ça ne sera pas toujours comme ça ! Osa-t-elle répliquer.

Je colle mon nez au-dessus du verre, ce liquide compact d'une consistance un peu gélatineuse n'a pas la robe d'un vin, ni son parfum délicat. En posant mes lèvres, je saisis instantanément le subterfuge. Paupie a raison. Sur ma langue, un goût chimique se répand sur mon palais. Du sirop de fraise diluée dans de l'eau, voilà ce qu'ils m'ont donné.

J'aurais pu à cet instant hurler au scandale. Semer la zizanie. Me donner en spectacle. Je sais que ça ne servait à rien ; j'aurais eu le droit à une pilule, puis je me serai retrouvé dans mon lit pendant toute la journée ! Non j'avais mieux à faire que de simuler le sommeil. Je bois ainsi sans rien dire, en mimant même un léger sourire sur mes lèvres rougies comme si je trouvais le vin excellent, j'avais en tête ma libération.

— Vous avez raison Paupie, ce n'est pas du vin ! Ils nous prennent pour des cons ! Murmurai-je.

Le silence s'installa entre nous. Je me demandai si elle faisait partie du groupe que j'avais découvert hier en train de boire, manger et danser…j'avais vraiment envie de savoir, mais j'avais décidé de me taire…

Soudain une infirmière s'approche de la table pour donner un médicament à Paupie, en l'appelant Madeleine. Immédiatement, Paupie m'annonce :

— C'est pour le cholestérol !

Mais je pense à autre chose :

— Elle vient de vous appeler Madeleine ? Dis-je, un peu surpris

— Paulette ou Madeleine, qu'importe c'est du pareil au même ? Appelle-moi Paupie, ça sera plus simple, dit-elle avec une pointe de camaraderie.

Je trouve ça étrange d'oublier la première chose qu'on apprend dans la vie.

— Tu te souviens plus de ton prénom ? en passant en mode tutoiement moi aussi.

—Je m'en fous. Moi ce que je veux c'est partir rejoindre ma sœur. Regarder le soleil se coucher et se lever sur l'immensité de la mer !

— Elle habite où ?

— Son adresse est notée sur un papier que je garde précieusement dans le tiroir de ma table de chevet ; j'ai des photos de nous devant sa maison, je te les montrerai !

— Très bien ! Bon appétit, dis-je comme pour conclure la discussion.

Si elle ne se souvenait plus de son identité, il n'allait pas être facile de la libérer, avais-je pensé. En effet l'idée de l'aider à s'enfuir me titillait l'esprit. Cependant ma priorité était de convaincre celles qui en détenaient les clefs !

*

Chloé prend sa pause pour le déjeuner. Elle n'a pas d'appétit, elle observe le paysage avec ses premières apparitions de teintes cuivrées. Les doutes l'assaillent. Elle ressent un mal-être inaltérable, à cause des scènes de ce matin mais pas seulement. Depuis quelques jours, elle se pose énormément de questions. Pourquoi avoir choisi cette maison de vieux grabataires à moitié fous pour faire son stage ?

Elle en avait vu un certain nombre de cas défiler depuis le début : des blessés ensanglantés, des patients qui hurlent leur envie de vivre, et puis pour la première fois cette image figée de la toilette d'un défunt et pour finir cette scène de folie de ce patient ; tout ça nourrit ses angoisses. Elle se sent épuisée tant mentalement que physiquement. Elle craint que sa joie naturelle, ce qu'elle a de plus spontané en elle ne s'estompe au profit d'une mélancolie ancrée. Elle entrevoit la fougue de sa jeunesse se perdre à jamais, et sur ses épaules si fragiles un poids immense qui reposerait trop fortement. Elle pense à sa vie, à ses dix-neuf ans. Elle est dans la cours des grands maintenant. Non, dans celle des morts-vivants. Combien de blessés, de morts devra-t-elle compter avant la fin ? Et après, quoi ?

Si elle choisit de poursuivre sur cette voie, combien devra-t-elle en compter ? Elle commence à ressentir une lassitude, pire un profond mal-être…Elle se souvient du jour où elle avait dû faire son choix. Entre l'école de coiffure et cette formation d'aide-soignante. Elle avait opté pour un choix d'itinéraire, un calcul mathématique, logique, stratégique, la distance l'avait emporté. L'école d'aide-soignante et ce stage à côté de chez elle.

C'est comme ça qu'elle avait choisi ! Maintenant, ses incertitudes se réveillent. Elle aurait certainement continué à se morfondre si l'infirmière n'était pas arrivée précipitamment:

— Vite ! On a besoin de toi en salle de soins, Georgette est tombée, elle s'est coupée…il faut la ramener dans sa chambre…

Chloé abandonna ses doutes ainsi que ce sandwich au milieu de la table, et fonça en salle de soins.

*

Je parcours les interminables couloirs à la recherche des deux sauveuses. Elles m'obsèdent.

Où sont-elles ? Je promène autour de moi un regard ciblé. Je scrute, observe, dissèque les moindres gestes, toutes ces silhouettes larvées. Elles ne sont pas non plus dans le jardin. L'angoisse commence à naître ; aux commissures de mes lèvres, un rictus nerveux s'intensifie. La panique grandit. Malgré les pulsations accélérées de mon cœur, j'essaie de me ressaisir ; je m'appuie un instant contre le mur pour reprendre une respiration normale.

Je regarde autour moi, je sais qu'elles sont toute proche, elles font partie du décor, les murs suintent leur présence. Je continue mon chemin, je croise encore des êtres solitaires à la recherche de quelque chose aussi, un peu comme moi, sauf que je sais ce que je cherche. Je les regarde un peu distant, mon avenir n'est-il pas différent, bientôt il sera lumineux, mes pas seront libres, tandis que les leurs piétineront à jamais jusqu'à la fin ces lieux sinistres. L'envie de tous les libérer me séduit. *Peut-être, un service à leur rendre,* clame ma petite voix intérieure. Si on partait tous, si on foutait le bordel sur ce territoire de l'oubli. Idée absurde. Non pas si absurde. Ma voix intérieure m'égare, me distrait, m'entraîne vers des sentiers impossibles, je rêve de projets insensés.

Un anonyme me bouscule ; je replonge dans ma réalité. Je me remémore soudain leur virée nocturne, leur retour au petit matin. Pourquoi n'yai-je pas pensé plus tôt ? Quoi de mieux qu'un lit pour se remettre d'une longue nuit sans sommeil…Hélas au moment où je fais demi-tour, une main énergique que je n'ai pas vu venir, s'abat brutalement sur mon épaule. Je tressaute, me retourne ; je vois les grands yeux noirs de Chloé me fixer étrangement :

— Monsieur Raymond, qu'est-ce que vous faites ?! Venez donc avec moi. L'atelier cuisine va débuter. Aujourd'hui, au programme des crêpes ! dit-elle d'un sourire en coin.

Chloé me presse, je me laisse entraîner sans trouver la force de résister.

Arrivés devant la porte, la jeune femme s'exprime d'une voix perchée :

— Un nouveau qui vient vous aider, il vous reste encore de la place ?

— Bien sûr, indique l'animatrice en pointant du doigt un emplacement. Prenez un tablier et installez-vous à côté de Madeleine !

Je me retrouve ainsi dans cette cuisine aménagée sans avoir réussi à émettre un son, ni même un geste qui exprimerait mon désaccord. Une dizaine de personnes sont réunies pour faire des crêpes. J'enrage intérieurement. Mon pas nonchalant refuse d'entrer. Pourtant je m'installe docilement à côté de « Madeleine-Paupie » qui me fixe de ses yeux exaltés ; sur ses pommettes, je vois la couleur rose contraster avec son teint cireux. J'ignore son enthousiasme. Je continue de pester contre mon manque de réactivité. Préparer des crêpes pour le goûter de seize heures. *Ils nous prennent vraiment pour des gamins, je vais perdre mon temps avec leurs conneries,* je pense tandis qu'un objet en inox attire mon attention. Mon esprit s'illumine. Un petit couteau bien aiguisé, lame tranchante. Le reflet de mon âme ou le salpêtre de ma rage. J'enfile docilement ce tablier avec une grande poche au milieu...

Tandis que l'animatrice se lance dans des explications, comme si faire des crêpes relevait de l'exploit, profitant d'un instant de son inattention, je m'empare avec une habilité consternante de l'objet contondant que je dissimule dans la grande poche de mon tablier. Bientôt il sera dans la poche de mon pantalon.

Je ressens déjà contre mon ventre sa présence, sa pointe si proche de ma chair. S'il le faut, mon avenir, je le forcerai !

*

Tout le monde sait que le dimanche à la résidence est un jour plus agité. Toutefois celui-ci a été particulièrement plus mouvementé que les autres. Chloé est épuisée. Elle a pris seulement un quart d'heure de pause. Elle n'a guère eu le temps de revenir à ses interrogations, celles qu'elle a abandonnées comme son sandwich à midi, en salle de repos.

Pourtant, son avenir continue de projeter ses incertitudes, elle se demande même si elle ne va pas tout plaquer. Elle n'est pas la seule à être sur les rotules. Tout le monde a été surmené.

Est-ce les nouvelles consignes qui font trembler les murs si bruyamment que tout le monde finit par les entendre ? Avant de mettre un point final à cette journée, l'équipe décide de se réunir pour faire le point. L'horloge digitale affiche dix-sept heures. L'excitation est un peu redescendue. Les familles commencent peu à peu à rentrer chez elles. Dans quelques heures, l'équipe du soir prendra la relève. Un compte-rendu est nécessaire pour faire le point sur les nombreux évènements, perturbants et tonnants de cette journée éreintante. La pénurie plane comme une ombre menaçante sur tous les esprits.

Le cas Antonin a fortement perturbé l'équipe et a ravivé des souvenirs. Son comportement a été d'une violence inouïe.

Depuis des lustres, l'agressivité ne s'était pas exprimée aussi forte, elle était toujours maîtrisée par les Xp09. Antonin est arrivé il y a trois semaines, ce n'est pas non plus la première fois qu'il se montre d'une extrême violence. Depuis le début, il crie, il se montre même violent et agressif, mais rien de comparable à aujourd'hui et en plus devant des familles ! Images insoutenables. La tentative de suicide d'un homme.

À la réunion, son cas est longuement évoqué surtout à quelques jours de la pénurie. Les infirmières s'étaient bien bataillées pour l'emmener dans sa chambre, davantage encore lorsqu'il avait fallu le ramener au calme. Les mots n'avaient produit aucun effet. Elles avaient essayé de parler, de trouver les phrases.

Cette tentative de le ramener à la raison avait été un échec, le signe que la pénurie n'allait pas être simple à gérer. Sa chambre ressemblait à un champ de bataille ; des meubles renversés et saccagés, la vitre fendue. Des murs par endroits fissurés. L'équipe avait dû trouver à le reloger. Après le cas Antonin, deux résidentes s'étaient battues. Le parfum de la contagion avait agi. Une patiente s'était abîmée une cheville, elle avait été transportée d'urgence à l'hôpital, et l'autre blessée avait une ecchymose sur le front.

Une journée inscrite à l'encre rouge : des résidents blessés, des familles consternées, une aide-soignante en arrêt de travail à cause de la blessure sur son visage et l'autre soignante était rentrée chez elle, traumatisée.

Une journée où les balles de la vie avaient fissuré les murs, les cœurs et les esprits sensibles. Sans compter ceux qui n'avaient laissé aucun répit aux hôteliers, pour satisfaire quelques familles qui exigeaient une extrême propreté. Du boulot à n'en plus finir pour le personnel moins nombreux en ce jour dominical et pour couronner le tout, la mort d'une pensionnaire.

— Une journée qui annonce peut-être des journées encore plus pénibles, avoue l'infirmière chef dépitée.

L'équipe soignante dresse la liste des individus à surveiller. Une dizaine, au total. Elle sera déposée sur le bureau de la directrice lundi à la première heure. En cette fin de journée, l'avenir plane comme une ombre menaçante dans tous les esprits.

*

En tout cas l'absence des J.J. était passée inaperçue. Elles avaient disparu dans l'indifférence générale. Le dimanche était le jour de repos du groupe. Aucune soirée, ni sortie n'était prévue, sauf pour elles, si elles le désiraient. En pionçant toute la journée, elles avaient repris des forces, elles se demandaient si elles n'allaient pas rendre visite à Carmen ce soir.

Pour moi, la journée était passée plutôt vite, même si tout semblait mal parti. J'avais été anxieux à l'idée de ne pas les revoir, puis énervé lorsqu'on m'avait traîné dans cet atelier pour ménagère. Heureusement, j'avais réussi quelque chose dont je n'étais pas peu fier.

Subtiliser ce couteau que j'imaginais devenir une arme si les évènements ne tournaient pas comme je voulais.

J'avais fait la connaissance d'un couple qui séjournait à la résidence depuis quatre ans. Quatre ans ça me paraissait une éternité ! Je me demandai comment ils avaient réussi à vivre si longtemps dans cet endroit sans péter les plombs. Ils m'épataient en même temps qu'ils m'angoissaient. J'avais écouté avec intérêt leur vie d'avant, lorsqu'ils avaient tenu un commerce ensemble pendant toute une vie, je les écoutais évoquer avec nostalgie leurs souvenirs.

Des êtres plein de vitalité avant, ils avaient été des travailleurs actifs, et de les voir maintenant, ça semblait être une existence dont j'aurais du mal à me satisfaire. Au fond je les admirais, je me demandais d'où ils puisaient cette force incroyable pour être capable de vivre ici. À deux peut-être était-ce plus facile ? Après l'atelier crêpes, avec Paupie, j'avais passé le reste de l'après-midi à les écouter me raconter leurs souvenirs.

*

Chloé s'est installée dans sa voiture, l'humeur maussade. Avant d'allumer le contact, elle fixe le ciel opale, le soleil décline sur le flanc de la colline. Elle pense à son rendez-vous de demain avec la directrice ! Elle cherche déjà des mots pour expliquer son mal-être, des mots pour arrêter cet avenir qui ne lui convient pas. Elle aimerait savoir comment expliquer ce qu'elle ressent, savoir pourquoi tout est devenu trop compliqué, pourquoi elle n'est plus motivée, pourquoi elle veut tout quitter…Elle a encore une semaine à travailler, alors peut-être que demain tout ira mieux, peut-être que demain tout sera fini, peut-être que demain elle ne dira rien.

*

L'horloge affiche 18 heures. C'est l'heure du souper. Je n'ai pas faim. Ici tout le monde est logé à la même enseigne. Paupie s'est installée à la même table à côté de moi ; elle continue de me parler de son métier d'institutrice. Elle évoque aussi les cours de danse qu'elle donnait. La danse, sa passion ; j'avais capté des étincelles dans ses yeux lorsqu'elle évoquait ses moments de joie.

Sa vieillesse n'avait pas complètement englouti ses souvenirs, sa maladie non plus, même si le récit de son passé était parfois un peu décousu. Malgré tout ce que les médecins affirment *le passé le présent le futur qui s'entremêlent ;* pour elle, certains de ses souvenirs la transportaient vers les plus beaux moments de son existence. Je l'avais écoutée jusqu'à ce que mes deux fugitives franchissent les portes de salle à manger. Mon obsession de liberté venait de reprendre. Tout autour de moi était devenu insignifiant.

Mes yeux ne les quittaient plus, mon cœur d'ailleurs se mit à battre exagérément. Joie ou appréhension ? J'avale ma soupe avec hâte. Cette fois, elles ne m'échapperont pas. Je termine rapidement mon repas, je me lève sans regarder Paupie qui s'est arrêtée de me parler. Mes mains sont devenues moites, mon émotion coule sur mes tempes humides. Je sens la pointe froide de mon couteau, il me rappelle que je ne suis pas seul …

Non, il ne faut pas y penser. Rien ne doit se forcer, pas de cette façon. Les minutes me paraissent interminables. J'attends dans un fauteuil, face à la porte. Je les guette. Je suis impatient en regardant défilées si lentement les minutes. Mon visage s'illumine soudain lorsque je les vois sortir puis passer devant moi indifférentes. Je me tiens prêt à agir. Je décide d'attendre qu'elles prennent un siège dans cette grande salle où nous sommes tous parqués avant le coucher du soir.

Je les vois choisir un coin isolé. L'endroit où elles se sont installées me semble parfait. Je me lève, poing serré au fond de ma poche, la pointe du couteau piquant par moments mon ventre flasque comme pour me donner du courage. J'avance vers elles, vers mon avenir. Tout va se jouer maintenant !

17

J'étais resté immobile devant elles, quelques secondes. Certes, j'étais beaucoup moins impressionnant qu'avant, mais j'avais une détermination qui me poussait de l'avant sans aucun complexe. Sûrement, le couteau devait y être pour quelque chose car j'avais essayé de prendre l'attitude d'un lascar, enfin ce que j'imaginais être un lascar, car au fond, de toute mon existence, je n'avais été qu'un modèle d'obéissance. Je voyais bien qu'elles n'étaient pas vraiment impressionnées par le genre que je me donnais, mais plutôt surprises. Je sentais aussi leur agacement face à mon culot qui cassait indéniablement leur tranquillité. Avaient-elles ressenti ma détermination, sûrement car sinon pourquoi m'auraient-elles laissé prendre ce fauteuil pour m'installer à côté d'elles ? Je tremblais de nervosité, surtout mes mains que je cachais volontairement dans mes poches, j'avais emprunté un regard fixe, je suis certain que mes yeux brillaient d'un éclat dur, minéral. Elles attendaient que mes lèvres légèrement hésitantes prononcent un mot, ce quelque chose que je m'efforçais de formuler correctement.

Je ne savais pas par où commencer. *Qu'est-ce qu'il veut celui-là ?* pensaient-elles sûrement en me regardant. Après avoir planté le décor, il fallait maintenant réussir ma prestation un peu comme un dramaturge qui vient d'entrer en scène. Je n'avais plus le choix. J'avais toussé pour caler ma voix afin de mieux formuler mes phrases. Je les devinais coriaces, têtues, intransigeantes. Il fallait être à la hauteur. J'avais commencé maladroitement, confusément, à cause de cette appréhension dont à mesure j'allais m'éloigner au profit d'un discours plus affirmé :

— Je, je...sais...bredouillai-je au départ, je sais un certain nombre de choses sur vous ! Ce que vous faites la nuit !

— Ah oui et qu'est-ce qu'on fait ? dit Joy immédiatement, se montrant tantôt distante, tantôt intéressée.

— Ce que vous faites la nuit...Je trouve ça...admirable ! À vrai dire, lorsque vous êtes venues me voir, je n'avais pas tout compris. Depuis, je comprends mieux, je trouve vos initiatives très intéressantes ! Comme vous, je suis attachée à la liberté. Je n'aime pas cet endroit, je n'ai rien à y faire d'ailleurs ! À vrai dire, je ne l'ai pas choisi...mais je vais vous épargner les détails. Ce que je veux...

À cet instant, une infirmière passa, je me tus. Mes paroles restaient suspendues dans l'air, mais avant de reprendre, Jenny ne me laissa pas continuer, elle murmura :

— Il ne s'agissait pas de ça…Nous t'avons proposé de rejoindre notre groupe ! C'est différent. Mais continue…Que veux-tu?

— Que vous m'aidiez à partir, vous et Eddy !

Elles se regardèrent interloquées, le rouge enflamma immédiatement la pâleur de leur visage, cette pâleur caractéristique de tous les résidents…Elles furent décontenancées par mes révélations. Elles semblaient fouiller leurs souvenirs pour essayer de comprendre à quel moment j'avais pu saisir ce genre de révélations. Puis l'une d'elles ayant certainement la mémoire plus vive que l'autre, commença à m'interroger :

— Qu'est-ce que tu sais d'autres ?

— Que vous avez pris un billet de deux cents euros!

Chacun avait volé quelque chose à l'autre finalement. Elles, le billet. Moi, la conversation. Je détenais des informations que personne ne devait connaître, hormis le groupe… Toutefois, sans se laisser abattre, l'une d'elles fit mine d'ignorer ce que je venais de révéler :

— Continue, où veux-tu en venir ?

— Je ne vais pas tourner autour du pot ! Ce que je veux, c'est simple, que vous me sortiez d'ici ! Chuchotai-je le visage marqué par la détermination, mes gestes nerveux trahissant mon impatience…

— Impossible tout ceci aura des répercussions sur notre groupe !? lança Joy

— Tout le monde ignore vos sorties ! Vous êtes bien trop malines pour vous faire repérer ! Rassurez-vous, personne ne viendra vous chercher…Sortez-moi de là, après vous n'entendrez plus jamais parler de moi.

— Au contraire tout le monde essayera de savoir comment un vieillard timbré a réussi à s'enfuir… Et puis d'abord pourquoi on t'aiderait ?

— Je ne suis pas un vieillard, encore moins timbré, j'suis comme vous, répliquai-je un peu vexé.

— Ici on est tous des vieux avec des problèmes, sinon pourquoi tu serais ici, hein ?! Alors arrête de penser que t'es différent ! dit Jenny agacée. Si tu disparais du jour au lendemain, tout le monde te cherchera et voudra savoir comment un vieux a réussi à sortir ! Ils vont mener une enquête, c'est vrai, ils n'essayeront certainement pas de nous interroger mais ils nous surveilleront de plus près, ça deviendra un véritable enfer ici…Sans compter toutes les caméras, les nouvelles qu'ils installeront ! Prendre ce risque, jamais, pendant que toi, tu vas roucouler pénard on ne sait où…de toute façon, ils finiront par te retrouver.

— Je suis sûr que vous trouverez une solution ! Jusqu'à présent vous vous êtes toujours bien débrouillées ! Insistai-je avec une pointe d'ironie pour détendre un peu l'atmosphère…

Je comprenais leur crainte, l'esprit d'empathie, je connaissais depuis quelque temps. Si j'avais été elles, peut-être aurais-je été un peu frileux. Quoi de plus naturel que de sauver sa peau dans un lieu aussi glauque, surtout quand on est lucide avec un cerveau qui fonctionne un peu ! *Mais il y avait bien un moyen de les convaincre*, pensais-je. Encore plus dissuasif que ce couteau qui m'avertissait constamment de sa présence ! Un argument plus doux, plus séduisant. Je voyais clairement comment les convaincre. L'infirmière repassa devant nous. Je ne me sentais pas vraiment à l'aise, un peu épié, j'étais de plus en plus nerveux et pressé d'en finir. Il fallait trouver un autre endroit pour continuer la transaction, un endroit plus calme.

— Écoutez. Je comprends. Mais laissez-moi vous convaincre….

— Si on accepte de t'aider c'est nous qui allons trinquer ! Pas question ! On ne veut pas de problème. Fin de la discussion ! Rétorqua l'une d'elles avec une voix presque dédaigneuse.

— Venez dans ma chambre ce soir. La même heure que la dernière fois ! J'ai quelque chose à vous proposer, quelque chose de très intéressant ! Ce soir, soyez au rendez-vous !

Je les avais abandonnées avec cette dernière phrase sans guetter leur réaction. J'avais filé à la recherche d'un fauteuil loin d'elles, à l'autre bout de la salle. Dans une posture de somnolence écrasante, j'avais attendu sagement, patiemment qu'une infirmière vienne me chercher pour m'accompagner dans ma chambre. Une fois dans mon lit, j'avais attendu l'équipe du soir et son chariot de médicaments, qu'elle vienne me donner une pilule que j'avais dissimulée sous ma langue.

À 23 heures, je sortis de mon lit. J'étais prêt à accueillir mes deux invitées. Je les attendais assis sur le rebord du lit. La faible clarté de la lampe de chevet projetait l'ombre du sac plastique à l'intérieur duquel j'avais glissé une liasse de vingt billets de cent euros. J'allais les appâter avec du pognon. C'est ce qui marchait le mieux depuis la nuit des temps. N'en faisait-il pas courir un sacré nombre depuis des lustres ? À la résidence, même si le fric était devenu ce que c'était initialement qu'un vulgaire morceau de papier avec des chiffres dessus, je savais que pour elles ça serait différent.

Elles auraient sûrement l'occasion de s'en servir avec leurs escapades nocturnes.

Dans quelques minutes, mon magot allait me permettre, enfin je l'espérai ainsi, d'acheter un bien inestimable : ma liberté…Heureusement qu'elles étaient là, ces belles liasses, sans ça, quelles autres solutions aurais-je pu trouver pour les convaincre ? Évidemment, j'aurais certainement trouvé, un autre moyen, peut-être plus cruel…

L'idée du couteau continuait à me provoquer, mais il me glaçait surtout les veines ; j'aurais détesté devenir criminel. En les attendant, je comprenais que j'avais eu de la chance. Cette conversation volée avait été une aubaine. Car sans elle, que serais-je devenu, peut-être aurais-je finalement sombré dans une grande dépression accompagnée par une léthargie irrévocable en attendant que ma nièce vienne peut-être me chercher ; ça me glaçait les veines autant que de me servir du couteau…De l'intuition, de la chance et un peu d'audace. Les trois conditions réunies pour réussir. Je devais aller au bout de ma négociation et réussir. Réussir, c'était de convaincre les deux vieilles que j'attendais de prendre ces billets en échange de ma libération. Je me voyais déjà rejoindre ma nièce, la serrer fort dans mes bras au moment où elles tapèrent à la porte, j'étais persuadé que tout se passerait selon mes plans…

18

Une bruine automnale s'abat sur la vallée et déploie ses nuances de gris, un gris sombre un peu comme l'état d'esprit de la directrice qui vient d'entrer dans l'enceinte de la résidence. Elle a la démarche vacillante, sur son visage s'expriment la fatigue et l'appréhension, témoin de ses nuits agitées. Elle n'a pas le comportement de quelqu'un qui revient de congés. Elle passe devant l'accueil éclairé par les veilleuses, pour rejoindre son bureau. Elle est en avance de deux heures sur son horaire habituel. Six heures trente tapantes. Elle ouvre la porte verrouillée et dépose sa sacoche à côté d'une pile de dossiers. Elle cherche dans son sac sa boîte de cachets à base de plantes censés calmer ses nerfs éprouvés.

Depuis l'appel du psychiatre en milieu de semaine, elle se réveille en pleine nuit avec des idées pas très claires, des solutions apparaissent puis disparaissent presque aussitôt ; c'est un grand chantier dans sa tête, les fondations sont fragiles et incertaines. Elle imagine le pire ; la pénurie des Xp09 plane sans relâche dans son esprit inquiet. Elle n'a jamais connu l'établissement sans les Xp09…Elle se dirige en cuisine, et prend le temps de saluer le chef qui vient d'arriver pour préparer le repas de midi pour les pensionnaires et le personnel. Elle lui demande un grand verre d'eau, puis elle se sert une tasse de café noir qu'elle amène jusqu'en salle de repos où les astreintes sont en train de ranger leurs affaires. *Tout s'est bien passé comme les autres soirs*, avouent les soignants i*l n'y a aucun problème.* Elle évoque brièvement l'agitation à venir, qu'il faudra rester vigilant, sans inquiéter les soignants qui ne pensent qu'à rentrer chez eux…

Elle leur fixe rendez-vous dans quelques jours pour leur expliquer plus en détail ce qu'elle attend d'eux. Puis elle continue son inspection, vérifie la propreté des portes, des fenêtres, remet à sa place quelques chaises et magazines. En passant devant les chambres, les premiers cris plus ou moins acérés des pensionnaires commencent à se faire entendre. Indifférente à ses bruits qu'elle connaît si bien, elle continue d'inspecter les étages. Lorsqu'elle redescend à son bureau, il est déjà sept heures trente.

Elle passe devant la porte fermée du bureau du psychiatre, elle frappe, attend la voix qui lui indique d'entrer.

*

Je viens d'ouvrir les yeux sur ma petite chambre qui abrite mes nuits agitées depuis mon arrivée. Une lumière pâle, les premières lueurs d'un matin brumeux passent à travers les stores projetant une auréole sur le plafond. L'horloge digitale affiche sept heures trente. J'ai envie d'un grand bol de café et d'un carré de chocolat. Je sais que ça ne sera pas possible, du moins pas aujourd'hui. Les paroles de la veille accaparent mon esprit, c'est comme si elles étaient encore en train de me parler, de s'acharner à décliner ma proposition.

En pensant à leur refus, je continue à me sentir vacillant. J'avais pourtant réussi à contenir ma colère, j'avais fait preuve d'un admirable sang-froid pendant l'entrevue, alors qu'intérieurement, ça bouillonnait, j'aurais tellement aimé leur faire bouffer ces billets qu'elles avaient si ouvertement snobés Pour qui elles se prenaient ? Avais-je pensé *ça se présente qu'une fois dans une vie ce genre de chose.* Heureusement j'avais capté une étincelle dans les yeux de l'une d'elles, ce qui m'avait un peu aidé j'avoue, à tenir le cap, à rester calme.

Je me souvenais que la plus réticente avait souvent pris la parole pour m'accabler systématiquement de son refus catégorique :

— Tu crois que tu peux nous acheter, qu'on est monnayables ; jusqu'à présent, on s'est toujours passées d'argent. On n'a pas besoin de ça pour être libres !

J'avais continué à chercher la faille, les faire craquer, en répondant avec provocation, mes mots ne les avaient certainement pas laissées indifférentes :

— Qui payent vos soirées ? Eddy, toujours lui ! Et si demain il disparaît ! Comment allez-vous faire ? Vous serez bien contentes d'avoir deux trois billets de côté pour continuer à faire la fête !

Jenny m'avait regardé avec mépris en rétorquant avec sincérité :

— S'il meurt, on meurt aussi !

Joy était souvent restée silencieuse, son regard oscillait entre le refus prononcé ouvertement par son amie et cette liasse toute neuve qui s'agitait devant ses yeux gourmands. Elle paraissait moins catégorique que son amie ; elle semblait plus facile à convaincre, c'est pour ça aussi que j'avais continué à me défendre :

— Ce que je vous propose, c'est d'en profiter ! C'est bien ce que vous m'avez suggéré la dernière fois quand vous êtes venues dans ma chambre ! En profiter avant que la lumière ne s'éteigne, honorer cette vie qui coule même au ralenti dans nos veines En prenant ces billets, vous allez en profiter encore plus ! Bientôt, vous serez mortes très longtemps, vous en avez conscience que chaque jour qui passe est un pas vers la mort, vous n'avez donc plus une minute à perdre ! Alors pourquoi refuser une si belle opportunité quand elle se présente ?

Jenny en avait trop entendu, se laissait corrompre de la sorte lui était insupportable. Excédée par mes arguments qu'elle réfutait avec acharnement, elle avait fini par m'achever :

— On ne mettra jamais une croix sur nos soirées au nom de ta liberté ! Pourquoi veux-tu sortir, hein ? Tu ferais quoi dehors ! Tu peux nous le dire, ils finiront par te retrouver, et tu reviendras tel un abruti à la case départ ! Et nous dans tout ça ? Qu'est-ce qu'on va y gagner à part deux trois billets qu'on aura peut-être même pas le temps de dépenser !? On sera surveillées comme du lait sur du feu. Il faut te faire une raison mon vieux, la liberté que tu convoites ne sert plus à rien. De toute façon personne ne t'attend dehors ? Personne ! Il faut que tu comprennes que t'es foutu, que t'as déjà un pied dans la tombe, et que l'autre va pas tarder à le rejoindre…Ta liberté ne sert à rien, il faut te faire une raison !»

Je savais ce que j'allais faire une fois dehors, mais je ne voulais rien leur dévoiler, après tout ça ne regardait personne, et tout ce que j'avais trouvé de mieux, c'était de continuer à les contredire :

— Je ne vous demande pas de vous soucier de moi…Ma liberté, ça me regarde ! Ce que je vous demande, c'est de me faire sortir d'ici, de me conduire à la gare de la plus grande ville, je payerai l'essence évidemment…Pour moi, ça sera plus rapide que de prendre la route en prenant le risque de me faire repérer ! Je parviendrai à mon but plus rapidement et plus discrètement. C'est aussi pour ça que je vous paie ! avais-je avoué en recadrant la transaction.

Elles avaient la voiture, le chauffeur, des moyens efficaces pour m'aider sans que je sois obligé de me cacher au milieu de ces vastes champs situés au milieu de nulle part. Je ne voulais pas prendre le train dans le village d'à côté, j'avais peur d'y être repéré ; dans une grande ville je passerais inaperçu, je serais anonyme.

Joy finit par sortir de son mutisme, comme je l'avais deviné, elle se montra moins exigeante que son amie :

— Au contraire, ta liberté, ça nous regarde ! Il nous faut certaines garanties, des explications, qu'on soit sûres que nous pouvons y gagner…vraiment !

Elle avait raison. Sans elles, j'échouerais. Toutefois je ne voulais pas leur avouer ce que j'allais faire dehors, tant que je n'étais pas assis dans cette voiture qui m'éloignerait définitivement de ma tragédie. Il fallait arriver à les convaincre avant, sans être obligé de tout dévoiler. Il fallait que je trouve les mots, les bons, pour éviter de les énerver, il fallait que j'insiste sans les menacer, que j'arrive à les convaincre sans les forcer. Ça demandait sûrement encore un peu d'effort, mais au lieu de m'enliser dans un conflit, craignant leurs réactions, je préférai ainsi mettre un terme à la discussion en reportant notre entrevue au lendemain. À vrai dire, je redoutais Eddy, et face à un homme plus jeune, plus énergique, je n'aurais certainement pas eu la force nécessaire pour me débattre...Il fallait d'abord négocier avec elles.

Le temps ferait son œuvre, juste encore un peu, l'idée ferait son chemin. Attendre encore un peu était la plus sage décision, leur laisser la nuit pour réfléchir.

Je pris le parti de dissimuler mon impatience. C'est en homme plutôt serein maîtrisant sa frustration avec une amabilité forcée, qui raccompagna ainsi ces deux vieilles rebelles jusqu'à la porte, en concluant sur ces quelques notes d'optimisme :

— Réfléchissez, pensez seulement à toutes ces fêtes que vous pourrez faire !

En refermant la porte, j'étais entré immédiatement dans la salle de bains, j'avais regardé mon visage où quelques rictus frémissants déformaient le contour de ma bouche, j'avais jeté à plusieurs reprises de l'eau pour les faire disparaître. Maintenant je devais redoubler de vigilance car elles connaissaient ce que je m'évertuais de cacher depuis mon arrivée. Sans pour autant devenir parano, je devais rester prudent et continuer de les surveiller.

Je m'étais ensuite dirigé vers la fenêtre, j'avais suivi les lumières des phares de la voiture que je convoitais désespérément jusqu'à ce qu'elle fût happée par l'opacité de la nuit. En considérant ce silence pesant mon cœur compressé accéléra ma tension artérielle, je fus soudain saisi d'une furieuse envie de tout casser ; je renversai la table de chevet, puis je projetai ma rage en tapant contre le mur jusqu'à ce que je ressente la douleur dans ma poitrine descendre sur mes poings rougis. Je m'étais ensuite approché du lit titubant comme un homme saoul, puis je m'y suis allongé et j'ai enfoui ma tête sous les draps pour repousser le silence trop oppressant de la nuit.

Au moment où les infirmières apparurent au petit matin, j'avais toujours des séquelles de cette transaction inachevée, un mal de crâne lancinant qui continuait à alourdir mon mal-être. Ne pas avoir réussi à les convaincre m'avait laissé un goût amer.

*

Après avoir refusé la proposition du vieux, les J.J. n'étaient pas restées à ruminer dans leur chambre. Accolé contre le capot de la voiture, leur chauffeur les attendait en fumant sa gitane, il y avait des volutes de fumée au-dessus de sa tête. D'un geste, elles avaient annoncé le départ...*Chez Carmen*, avaient-elles lancé. En chemin, elles n'avaient pas cessé de s'engueuler. C'était la première fois qu'Eddy les entendait se disputer aussi violemment au sujet de l'argent ! Joy semblait intéressée par la proposition du vieux qui l'avait agréablement surprise lorsqu'il avait agité devant ses yeux gourmands une liasse de billets tout neuf. Joy avait vraiment envie d'accepter mais face au non catégorique de son amie, elle était un peu perturbée. Eddy n'avait pas capté immédiatement l'objet de la discorde. A mesure, il avait compris...Toujours le même pensionnaire qui posait problème, avec maintenant une histoire de billets. Il avait essayé de les calmer en tentant de les raisonner. Il savait modérer les situations ombrageuses...*Il faut conserver cette liberté qui est née de nos rencontres. L'argent, tout le monde en a besoin, cette proposition n'est donc pas à négliger ; au contraire, ça pourrait m'aider à mieux organiser les soirées, avoua-t-il.*

Pour la première fois, il mit des mots sur ses difficultés. *L'alcool, la nourriture, les cigarettes, l'essence tout ça n'était pas gratuit. Parfois je dois piocher dans mes économies et justifier certains découverts.* Elles écoutaient silencieusement, naïvement, comme si elles tombaient des nues, comme si elles avaient toujours ignoré que ces soirées avaient un prix. Elles étaient un peu déconnectées de certaines réalités.

Un silence pesant avait envahi l'habitacle de la voiture, chacune avait le regard tourné vers l'extérieur. Puis Jenny lança cette phrase au milieu du silence qui vint clore la discussion avec le ton catégorique qui la caractérise si bien :

— On ira chercher ces billets et sa liberté, c'est dans son cercueil qu'il ira la trouver !

Jenny n'aimait pas tellement les situations floues, les problèmes qui s'enlisent. Elle venait ainsi de sceller le sort du vieux en une seule phrase sans aucune virgule !

Arrivés chez Carmen, ils oublièrent leurs conversations pour se jeter dans l'arène de la fête. Elles se dirigèrent sur la piste de danse, tandis qu'Eddy s'accouda au bar…Joy s'étourdissait en dansant et en rêvant aux billets qui seront bientôt les siens tandis que Jenny réfléchissait à la façon d'écourter le séjour du vieux à la résidence…

19

La main moite du psychiatre glissa dans celle de la directrice. En arrivant ce matin, il avait appris ce qui s'était passé la veille ; le cas Antonin avait semé la zizanie dans tout l'établissement. Sa violence avait perturbé de nombreux collègues ; les mots n'avaient eu aucun effet sur ce patient très agité. Il en informa immédiatement la directrice :

— Hier a été une journée particulièrement éprouvante ! Le patient Antonin a tenté d'escalader la balustrade pour se jeter dans le vide. Les soignantes ont eu beaucoup de mal à le ramener au calme. Elles ont voulu essayer les mots mais aucun n'a fonctionné. Il s'est blessé, il a blessé deux membres de notre équipe, et il a saccagé toute sa chambre. Il a été installé dans la chambre libre, du mort d'hier. Bilan de la journée catastrophique, des blessés, le traumatisme des familles, des patients amochés dont l'un est à l'hôpital avec une cheville abîmée…et beaucoup d'autres j'imagine très affectés par ce qui s'est passé…

Du fond de sa gorge asséchée, le son de sa voix vibrait d'émotion, ses phrases se dérobaient. En filigrane, sa conscience s'appropriait des scènes angoissantes, tout ceci affaiblissait son discours, ralentissait ses mots, lui qui pourtant savait si bien prendre du recul avec toutes ses broutilles, cette fois il paraissait déstabilisé, presque abattu.

Accolée contre la fenêtre, Madame Fayolle l'écoutait sans le regarder ; elle se perdait dans le paysage automnal, brumeux et humide comme si elle voulait disparaître sous son sombre voile. Des scènes de bataille de corps en proie à la violence titillaient ses tourments ! Le cas Antonin, était-ce le signe d'un mauvais présage ? Pourtant lorsqu'elle regarda le psychiatre terminer son discours, elle porta son discours avec une voix souveraine comme si son statut l'empêchait de montrer sa vulnérabilité, comme si son inquiétude devait rester à l'écart, comme si les difficultés n'existaient pas. Elle devait se montrer forte comme un capitaine sur un navire en train de sombrer. Le capitaine, c'était elle, son rôle était d'assurer, de ne montrer aucun doute, de ne rien dévoiler de son incapacité à gérer une situation aussi extrême soit-elle. Elle devait assurer, tout maîtriser. Elle énuméra déjà quelques règles de base :

— Des patients comme Antonin doivent être rapidement isolés. Il ne faut absolument pas que leur violence déstabilise le moral de l'équipe ; aucun patient ne doit non plus contaminer les autres ! Avec les Xp09, on a toujours trouvé des solutions efficaces pour les faire taire ! Cette rupture passagère ne doit pas nous impressionner ! L'établissement ne doit absolument pas devenir le spectacle d'êtres en proie à leurs fragilités ! Qu'ils continuent à être ce qu'ils sont, avec ou sans médicament, des êtres obéissants et invisibles. Je vous rappelle que la résidence doit rester ce lieu calme qui abrite leurs derniers souffles avant le repos éternel.

Pour les familles, c'est très important aussi que notre établissement véhicule une bonne image, cette image de sérénité, c'est notre réputation qui est en jeu. Nous devons aussi être capables de maintenir l'ordre dans n'importe quelle situation aussi impromptue soit-elle ! Je vais aujourd'hui convoquer l'équipe. Nous aurons peut-être besoin de renfort pour seulement quelques jours. Sollicitez le maire de la commune sans donner trop de détails, pour qu'il accepte de trouver quelques bénévoles afin de nous aider au cas où la pénurie persiste !

La directrice avait réussi à camoufler sa nervosité. Elle continua d'énumérer quelques consignes et avec l'aide du psychiatre, elle nota quelques idées supplémentaires pour que le premier jour de pénurie passe inaperçu.

— Pour conclure, je vais demander qu'on prépare aujourd'hui les pièces pour l'isolement. Et je commencerai bientôt les entretiens. Au moment où ils se quittèrent, les premiers cris de la matinée, d'une intensité irrégulière commencèrent à se répandre dans la grande pièce d'à côté.

*

Je pris place à une table où quatre vieux étaient déjà en train de déjeuner. Ambiance somnolente. Ambiance austère. Malgré cette nuit agitée, j'avais l'impression d'être le seul vraiment éveillé, le seul vraiment vivant. Autour de moi, les pensionnaires semblaient encore emmitouflés dans leur sommeil, pourtant ce n'était pas entièrement le silence car je distinguai des bruits hétéroclites ; chacun émettait quelques signaux de vie, chaque son était unique. Des dents qui claquent, des soliloques, certains chuchotant de mystérieuses tirades, des grognements par intermittence, des tics, des tocs, tous ces bruits réunis que je captais formaient un ronronnement continu qui amoindrissait ma tranquillité.

Pour m'éloigner de tous ces bruits gênants, je levai les yeux de mon bol, comme si ça pouvait suffire. En face, je repérai une mousse verdâtre et visqueuse qui coulait de la commissure des lèvres d'un résident, instantanément, je baissai de nouveau les yeux sur mon bol. J'aperçus des îlots de cacao flotter à côté de miettes de pain alors que je n'avais encore rien avalé. Quand est-ce que ce cauchemar va cesser !

J'étais à bout de nerfs ; tout m'apparaissait dégueulasse, dégoulinant, exécrable. J'étais de l'autre côté, du côté glauque de l'existence. L'infâme me collait à la peau si intensément que ça provoquait à différents endroits de mon corps, des spasmes nerveux à intervalles réguliers. Je rêvais de m'échapper, je savais qu'il existait un ailleurs loin d'ici, et même si, dehors je rencontrais des abrutis, des chieurs, des emmerdeurs, même si j'étais sûrement un peu vulnérable, au moins dehors, j'étais libre ! M'éloigner était la seule solution, car je ne savais toujours pas ce que je faisais au milieu de ces gens avec qui j'avais en commun qu'un minable diagnostic avec des chiffres et des bilans faussés. C'était quand même dingue cette histoire. En finir au plus vite avec cette tyrannie s'imposait de plus en plus fort en moi. Au moment où j'entendis un vieux se moucher, je bus d'une traite mon jus d'orange, en fermant les yeux, je bousculai ma chaise, et je me précipitai d'un pas pressé en dehors de cet endroit nauséabond. Ce n'était pas de la résignation, juste l'envie de garder des forces pour après…Sous l'embrasure de la porte, je passai devant les J.J. sans les regarder, sans m'arrêter. Je ne les aborderais pas immédiatement, pas maladroitement, pas brutalement, j'attendrais qu'elles terminent leur petit déjeuner. Je m'installai ainsi sur un fauteuil en continuant à observer l'agitation naissante, l'estomac noué par l'angoisse. Regards obliques. Regards croisés. En les regardant, j'avais conclu bêtement

L'enfermement, c'est l'enfer. Ce que je pensais n'était évidemment pas l'avis des médecins. Pour eux, la cause, c'était cette maladie dégénérescente, celle qui nous enlevait par je ne sais quel mystère, nos neurones et qui engendrait a fortiori d'étranges réactions. Moi, je n'avais pas le même regard sur la maladie. Normal, je regardais ces résidents avec le cœur. Cette vieillesse était-elle vraiment gênante pour qu'on soit obligés de se cacher de cette façon ? Les professionnels savaient si bien lire les diagnostics, les chiffres, décrypter les notes médicales. Ils n'avaient trouvé que des solutions chiffrées et moléculaires. C'était ça la réponse à notre vieillesse qui était devenue une équation clairement exposée dont la solution était de nous cacher afin de préserver le regard des innocents. Je repérai un petit groupe de cinq personnes accrochées à la porte verrouillée pour accomplir leur rêve d'évasion ! Ces images, j'en avais vues des tas depuis mon arrivée. Soudain je fus extirpé de mes observations par Antonin, celui qui s'était donné hier en spectacle, un triste spectacle, et qui m'apostropha en me tirant par la manche :

— Allez lève-toi mon vieux, on y va !

— Patience ! Calme-toi !

— Me calmer salaud !

Il m'abandonna pour se diriger vers la porte. Il se fraya un passage en bousculant tous ceux qui l'empêchaient de passer. Puis j'entendis les secousses qu'il donna avec frénésie à la poignée…Dans un espace où tout résonnait plus fort, ces secousses sur cette porte verrouillée produisaient un boucan retentissant. N'arrivant pas à sortir, il se mit à gueuler comme quelqu'un qu'on frappe :

— Bande de salauds !

Une infirmière se précipita vers lui pour arrêter ses ardeurs dévoyées, mais en retour elle reçut une série d'invectives. Au même moment, une femme énergique arriva vers l'enragé. Elle semblait déterminée ; son regard était sévère, ses gestes vifs ; ses intentions claires. Elle le prit par le bras avec fermeté et l'embarqua ; elle semblait lui parler, mais sa voix ne parvenait pas jusqu'à mes oreilles. Je compris tout de suite qui elle était, son petit air supérieur et son assurance ne m'avaient pas échappé. Elle était la seule avec le psychiatre à ne pas porter de blouse. Sa silhouette élancée, mince, son visage aux traits fins et harmonieux entouré d'une chevelure ordonnée d'un blond soigné tombant sur ses épaules lui donnait l'allure d'un ange. Un ange au milieu de ces corps inertes et passifs. Quel contraste ! Malgré sa charmante présence qui me fit oublier un court instant où j'étais, un détail important n'échappa toutefois pas à mes observations. Je compris immédiatement que quelque chose d'inhabituel se produisait sans pour autant encore l'affirmer. Depuis ce matin, j'avais capté l'extrême nervosité du personnel, mais ce que je repérai de plus probant était l'absence des cachets rouges, ceux qui calmaient si bien les ardeurs dévoyées. Je comprenais que les médicaments n'étaient plus distribués. Et lorsque quelques minutes après, le même scénario se produisit devant moi ; au moment où deux résidents commencèrent à se battre ; il y avait eu l'intervention rapide de l'équipe, mais personne n'avait distribué de médicaments. Je n'avais plus aucun doute sur ce que ça signifiait. Je pressentis la rupture des pilules, celles qui mitraillent le corps et l'esprit sans seconde chance. J'imaginai ainsi le spectacle de vieux en manque se débattant avec acharnement pour briser ces chaînes qui les retenaient depuis trop longtemps. Sans ces neuroleptiques, ces drogues puissantes qui mettent à genoux, ces patients vulnérables y verraient plus clair, ils verraient leur quotidien avec plus de lucidité ; de cette lucidité découlerait une férocité, de cette férocité une révolte. Ça me faisait du bien de les voir en train de devenir cinglés par l'abstinence, par le manque, par le vide de leur existence, et puis les imaginer casser les vitres de leur prison, renverser les tables, les chaises, casser toutes leurs chaînes, ça me faisait planer.

Anarchie et chaos régneraient dans les couloirs sous le feu des projecteurs de la rébellion. Je continuai à les voir renverser les chariots de médicaments, les fauteuils roulants, poursuivant de leur rage le personnel qui, peu à peu perdant le contrôle de la situation, déserterait les lieux, laissant ainsi ces vieux prendre possession de cet endroit funeste. La victoire irait aux malades tandis que les autres partiraient définitivement.

En attendant le retour des J.J., ce moment d'égarement avait accaparé tout mon esprit pendant une fraction de seconde, mon cerveau fabriquait des images irréalistes, mais comment vous dire, ça faisait du bien de rêver. Ce que j'imaginais était impossible et pourtant sans le savoir encore, ce moment d'égarement qui m'éloignait de cette cafardeuse réalité, n'était pas très éloigné de ce qui allait bientôt se produire. Pour le moment, c'est ma liberté que je sentais vibrer en moi intensément, toute proche, mais sans vraiment l'envisager encore, une idée sensationnelle pour nous tous commençait à s'immiscer dans mon esprit. D'un mouvement de tête, je revenais à ce qui me préoccupait pour l'heure, la sortie des deux vieilles. Mes pensées se dissipèrent entièrement lorsqu'elles sortirent, je sentis à cet instant précis un vent de liberté sur mon visage presque apaisé ; au même moment deux hommes peu habitués des lieux se présentèrent à l'accueil.

Depuis plusieurs jours, Chloé est anxieuse, elle est de plus en plus préoccupée par son avenir. Elle a longuement réfléchi pendant la nuit, et avant de partir à la résidence pour sa dernière semaine de stage, elle décide de rédiger cette lettre à l'attention du directeur de son école.

Monsieur le directeur,

Je suis élève aide-soignante en première année. Depuis le début j'ai suivi avec une grande attention tous vos cours, j'ai toujours été sérieuse dans l'apprentissage de mon futur métier. Je n'avais jamais douté un seul instant de mon choix jusqu'à ce stage à la résidence Le Saule...

Cette expérience qui s'achève marquera longtemps mon esprit, et je ressens une grande nervosité, en rédigeant ces lignes. Je crois que je serais incapable de vous décrire de quelle façon je me suis sentie désemparée face à ces patients si singuliers. Combien de fois je me suis retrouvée impuissante face à leurs détresses, leurs cris, leurs délires, leurs silences aussi, autant d'expression de souffrances qui m'ont bien des fois rendue fragile. Combien de fois mes larmes que j'ai pourtant retenues pour ne pas les inquiéter, pour ne pas éveiller leurs angoisses, combien de fois mes larmes ont failli jaillir ? Combien de fois me suis-je demandée à quoi servaient ces traitements qui repoussent de façon insensée l'heure fatidique tandis que leur corps ne demande qu'à partir ? Vos cours m'ont beaucoup appris pour soigner les blessures visibles, hélas pour les blessures invisibles, vos leçons ne m'ont guère apporté de soutien, il n'y avait rien que je sache faire d'instinct. Ne voulant pas céder à la facilité, j'ai cherché dans les livres un tas de théories pour mieux comprendre et pour les aider à mieux combattre leurs troubles, mais à chaque fois, je me heurtais à l'incompréhension et aux difficultés. Qu'aurais-je pu entreprendre d'autres, à part continuer à donner cet algorithme de combinaisons chimiques pour soigner leurs blessures invisibles ? J'ai compris que rien, absolument rien ne pouvait effacer le sillage de leurs profondes blessures. Essayer de les libérer, sans leur donner ces médicaments qui assèchent l'âme et engendrent des corps inactifs était impossible. A trop vouloir les éloigner de la Mort (pourtant si présente), j'ai craqué. En effet j'ai compris que leur vie ne tenait qu'à des formules moléculaires, un diagnostic médical et une volonté familiale.

Ma conscience ne veut plus de cette voie, je suis incapable de lutter contre, je ne peux plus supporter leurs cris déchirants de solitude. Ma motivation m'a quittée, anéantissant ainsi mes convictions de départ. Ce stage m'a beaucoup fait réfléchir au sens à donner à mon existence, je suis maintenant convaincue que mon avenir est ailleurs, il en sera d'autant meilleur. A dix-neuf ans, je suis incapable de donner ma vie à tous ces florilèges de souffrance qu'on maintient en vie grâce à des médicaments. J'en suis désolée. Malgré tout, cette expérience douloureuse aura permis d'ouvrir les yeux sur ce que je ne veux pas. Croyez-moi, ce n'est pas sur un coup de tête que je vous adresse cette lettre, et c'est avec conviction que je remets ma démission. Je vous prie, Monsieur, de croire en mes sincères déclarations.

Elle enverra sa lettre à la fin de son stage qu'elle a décidé de terminer. Dans quelques heures, elle rencontrera la directrice pour évoquer la pénurie des Xp09, ces pilules qui assèchent l'âme et engendrent des corps inactifs. Elle n'évoquera rien de sa décision. Entre ses mains, elle tient maintenant sa nouvelle résolution, elle a l'impression d'être plus légère, presque soulagée, ses tensions accumulées depuis le début de son stage s'effacent peu à peu. Elle regarde maintenant l'avenir d'un œil nouveau, lumineux. En s'installant dans sa voiture, il lui semble que son estomac est moins noué que d'ordinaire.

21

Avec l'aide d'un soignant, Madame Fayolle raccompagne Antonin dans sa chambre. Elle réussissait à peine à maîtriser ce patient secoué par des spasmes nerveux. Pour éviter de tragiques évènements comme ceux de la veille, elle n'envisage qu'une solution.

Arrivés devant la porte de sa chambre, elle murmure au soignant des consignes qu'elle n'a jamais dites auparavant. Il n'y a pas de mots assez forts pour qualifier ce qu'elle vient de lui dire - abject est sûrement celui qui convient le mieux.

Elle voit d'ailleurs dans les yeux de son interlocuteur un mélange d'appréhension et d'effroi.

Elle précise ce n'est que provisoire. Le temps qu'on prépare les pièces pour l'isolement. Ça n'arrivera qu'une seule fois. Croyez-moi.

Au même moment, Antonin a un geste extrêmement violent envers la directrice qui l'évite de justesse. Grâce aux réflexes de son coéquipier, elle esquive un second coup, c'est à cet instant qu'elle sort de sa poche quatre petites sangles en plastique très fines, suffisamment robustes pour accomplir ce que le soignant considère d'abject. Elle commence à parler au malade avec une voix douce et lénifiante pour l'apaiser :

— Monsieur Antonin, vous allez vous reposer. Vous vous sentirez mieux après. Pour éviter de vous blesser, nous allons vous aider. Tout ira mieux, je vous le promets, vous serez bien !

— Vous allez me faire sortir ? lance-t-il le souffle sifflant avec des yeux d'une tristesse infinie. Sa voix était devenue plus sereine comme si subitement il reprenait confiance en l'humain, dans le personnel soignant, comme si tout pouvait redevenir comme avant, du temps où il était libre.

Madame Fayolle ne prête guère attention à ses questionnements, elle est trop préoccupée à réussir son plan. Il règne maintenant un silence, un silence pénétrant, persistant qui est sur le point de cristalliser une sordide situation.

Antonin a cessé de gémir, il attend patiemment que la directrice prononce une parole, tandis qu'elle continue par des gestes rapides et précis à fabriquer ce qui va devenir une réalité. Le malade la regarde pourtant sans ciller, ses yeux s'accrochent à ses lèvres figées, il attend encore.

La réalité qui se prépare est loin de celle qu'il envisage, elle apparaît ainsi devant lui brutale au même moment que le cri déchirant qu'il entonne comme si son cœur venait d'être transpercé par des flèches. Lorsqu'il comprend ce qui lui arrive, il ne peut déjà plus rien, ses mains et ses pieds sont liés aux barreaux du lit. Il n'y a plus que la partie centrale de son corps qui bouge. Ses yeux s'injectent instantanément de sang. Ce spectacle, si tentez que ça soit un spectacle, devient consternant.

La directrice vérifie une dernière fois si les liens sont solidement fixés, puis d'un mouvement de tête, elle se tourne vers le soignant qui toujours le regard hagard semble se désoler du triste spectacle auquel il vient de participer. Elle lui indique d'un mouvement de tête de quitter les lieux pour laisser ainsi le pensionnaire expulser sa rage.

— Il va finir par s'essouffler.

Ils abandonnèrent ainsi le fauve se débattre dans sa cage.

*

L'obsession est de plus en plus vivace en moi. Les deux en face entretiennent ma flamme. Pour le moment, je ne me préoccupe guère de leur indifférence, je conserve ma foi intacte comme cet aumônier qui vient de faire son entrée pour célébrer la messe.

À croire que les vieux ont tous le même Dieu, qu'importe le ciel pourvu qu'on ait la foi à défaut d'avoir l'ivresse...

Je n'avais nullement l'intention de soliloquer avec l'au-delà, ni même d'avoir des indications sur le chemin qu'emprunterait mon âme après la vie. Non, les seules balises qui m'intéressent pour l'heure, sont celles de ma liberté, les deux vieilles installées à l'autre bout de la pièce qui en détiennent la clé ! Il n'y avait rien qui vaille la liberté.

La foi, la religion, la spiritualité, je n'ai pas envie de m'y intéresser, je laisse ça à d'autres beaucoup plus loquaces que moi à ce sujet. Depuis le refus d'hier soir, une seule et unique question me taraude : comment convaincre mes deux sauveuses ?

Tandis que je réfléchis à la nouvelle somme que je peux leur proposer, je viens de repérer un mouvement de coude.

Elle n'a pu contenir son émotion, un petit cri aigu comme si son cœur vient de s'arrêter subitement a retenti au moment où les deux hommes s'avancent vers elle. Un frisson accompagne cette vision déstabilisante. Si leurs pas n'avaient pas été aussi rapides, elle aurait certainement tenté de fuir ; mais elle eût juste le temps de donner un coup de coude à son amie.

L'un d'eux, la soixantaine, l'embonpoint aussi proéminent que les traits de son visage rougeaud, pointe un index vers Joy. Très vite, ces visiteurs aux habits sombres se retrouvent devant elle avec une amabilité suspecte. Le premier se penche pour la saluer :

— Bonjour ma belle maman, comment vas-tu ? Ça fait longtemps. Nous passions dans le coin, et nous nous sommes dit qu'il serait très indélicat de ne pas venir t'embrasser et passer un peu de temps avec toi.

Le deuxième, tout le contraire physiquement, grand, mince, un peu voûté, toutefois il y a un air de ressemblance entre eux, se baisse à son tour. En lui faisant la bise, il chuchote :

— Bonjour Joséphine, tu es resplendissante !

Joy reste interdite, elle semble avoir perdu l'usage de la parole, de ses gestes, tous ses membres sont tétanisés. Un silence pèse lourdement. Comment ne pas s'inquiéter de cette visite impromptue un jour de semaine sans le reste de la famille ?

Son amie ressent les mêmes vibrations négatives. Elle observe avec suspicion ces hommes qu'elle a vus deux à trois fois seulement ; cette visite n'augure rien de bon, d'ailleurs sur leur visage, elle repère quelques rictus fort désagréables qui trahissent déjà leurs mauvaises intentions. Ils ne sont pas venus pour une simple visite de courtoisie, ça se voit. Leurs comportements nerveux trahissent leur esprit malveillant.

Et puis les regarder, c'est comme avoir déjà un pied dans la tombe, en tout cas c'est ce que Joy a ressenti au contact de leur peau, un souffle mortuaire sur sa nuque crispée et son passé qui a défilé subitement devant ses yeux brumeux.

Malgré son attitude figée, un rictus nerveux s'est formé autour de ses lèvres tremblotantes. Les battements de son cœur se sont accélérés et nouent les phalanges osseuses de ses mains moites. Pour gagner du temps, la seule solution est de continuer à afficher très clairement les symptômes de sa maladie. Elle réplique :

— Messieurs ? Que voulez-vous ?

À cette remarque, le plus ventru des deux sourit :

— Messieurs, voyons, pas de ça avec nous Joséphine ! Toi qui nous as vus grandir ! Tu te souviens pas, de tous nos moments de joies partagées, surtout des moments de crise que nous traversions souvent, sans réussir à trouver de solutions, de ces quelques sorties que nous faisions avec papa pendant les vacances. Tu ne te souviens pas lorsque tu nous appelais les deux petits diablotins !

Son passé continue à défiler à toute vitesse ; ses joues brûlent maintenant d'un rouge volcanique. Elle se souvient de tout.

Lorsqu'elle avait épousé son mari, elle avait déployé beaucoup d'énergie pour les rendre heureux, ces deux orphelins qui avaient perdu de façon tragique leur mère biologique.

Hélas elle n'avait jamais réussi à la remplacer, à faire oublier la défunte malgré ses efforts renouvelés. Elle était toujours restée la femme de leur père. Joy n'avait jamais réussi à obtenir une place dans leur cœur, elle avait pourtant essayé de les aimer comme ses propres enfants, elle aurait voulu qu'ils s'attachent à elle malgré les épreuves de la vie.

Pour renforcer son chagrin, elle n'avait jamais vu son ventre s'arrondir. Finalement tous avaient exprimé un manque, et tous ces manques ne les avaient jamais sauvés de leurs mal-être respectifs, ni réconciliés.

Un jour, leur père décida de mettre ses enfants en pension et à cet instant, Joy devenait définitivement celle qui avait fait voler en éclat le socle familial.

Le bonheur n'avait jamais trouvé de place. De ces blessures naquirent de profondes plaies qui viennent à l'instant de s'ouvrir, comme si le temps n'avait jamais agi.

Ils sont là, debout, déterminés, immobiles devant elle, face à son mutisme, le fardeau sur leurs épaules commence à peser comme une échoppe qui cisaille la peau, le grand maigre impatient, les yeux globuleux, les gestes animés par une colère vrombissante annonce avec autorité :

— On sera mieux dehors pour discuter. Nous t'emmenons faire un petit tour dans le parc. Ça te fera du bien de marcher ! Il paraît que tu adores marcher…

A cet instant, il dévisage la vieille d'à côté qui boit ses paroles avec un regard suspicieux ; elle semble prête à bondir. Joy sort de sa léthargie improvisée pour répondre avec conviction :

— Je ne veux pas !

— C'n'est pas gentil ça ! dit l'homme ventripotent. On a fait des kilomètres pour venir dans cet endroit désert paumé au milieu de nulle part et toi tu nous snobes !

Jenny commence à défendre son amie :

— Laissez là tranquille ! Elle ne veut pas sortir !

— Vous, ne vous mêlez pas ! dit-il d'un air menaçant, le regard torve.

Il est sans doute impatient de mettre à exécution ce plan qui l'a fait déplacer dans ce bled moyenâgeux. Pour Joy, ce tour de parc résonne comme un alibi pour accomplir ce quelque chose dont elle définit encore mal les contours, mais qui l'avertit toutefois qu'elle va vivre un moment très désagréable.

La voix de l'homme se montre plus douce lorsqu'il interpelle une infirmière pour demander à ce qu'on habille Joséphine. En un rien de temps, elle se retrouve avec une veste sur le dos. Pourtant elle hurle son désaccord mais tous ces cris ne l'aident pas, au contraire ils accélèrent sa sortie. Jenny retient son amie par le bras de façon surprenante. Elle a dit Je viens aussi. Malheureusement tous ces cris stridents alertent le personnel, et amènent la directrice à intervenir une seconde fois depuis la matinée. Tandis que Joy disparaît avec les deux hommes, elles se regardent avec une émotion déchirante comme si c'était la dernière fois, et marchent dans des directions opposées.

Joy a emprunté une démarche d'échassier, des pas saccadés d'une lenteur exagérée, pour gagner du temps. Jenny est au contraire pressée, plus énergique. Elle ne s'est pas opposée à la directrice, volontairement, elle a même une attitude conciliante, certainement pour éviter le Xp09. Dans son esprit, elle commence à chercher la meilleure façon de venir en aide à Joy. Il est hors de question de la laisser seule avec ces hommes qui n'ont rien de sympathique. Elle s'en veut d'avoir assisté impuissante à son enlèvement, mais comment aurait-il pu en être autrement ?

Elle est davantage préoccupée par le sort de son amie que du sien ; elle n'imagine pas une seule seconde ce qui va advenir se passer. Les minutes défilent beaucoup trop vite, chaque instant qu'elle passe loin de son amie la rend nerveuse. Ses angoisses amplifient à mesure qu'elle parcourt le long corridor jusqu'à sa chambre.

Elle pense si fort à la façon dont elle va intervenir, elle ne comprend pas les intentions de la directrice au moment où celle-ci sort de sa poche deux sangles en plastique. Peut-être qu'elle ne voit pas tellement où elle veut en venir, si préoccupée par la façon dont elle va rejoindre Joy…

Cette grande femme, un peu tendue, ne lui révèle rien. Elle n'a pas abandonné ses gestes précis qui viennent de frapper à nouveau. En les faisant, elle se répète que c'est provisoire, en attendant que tout redevienne comme avant.

Au moment où Jenny prend conscience de sa réalité, il est trop tard. Ses mains sont attachées derrière son dos, ses pieds liés mais pas attachés aux barreaux du lit.

Lorsque la directrice s'en va en claquant la porte, assise sur ce lit dont il lui est impossible de bouger, elle réalise enfin qu'elle a été piégée.

Le premier réflexe qu'elle a est de trouver le moyen de défaire ces sangles qui commencent à lui cisailler la peau, mais après plusieurs tentatives, elle doit se rendre à l'évidence, les évènements sont plus graves qu'elle ne pensait. Elle continue à bouger la partie centrale de son corps comme s'il y avait encore un espoir de se libérer de cette façon. Impossible.

Elle est assise sur ce lit lié à lui sans autre possibilité. Elle se met soudain à crier, mais qui pourrait l'entendre à une heure de la journée où la plupart des résidents et des soignants sont dans la grande salle commune ? Une angoisse monte, de plus en plus forte, la panique provoque un souffle haletant comme si elle venait de parcourir une longue distance sans s'arrêter.

Elle commence à s'étourdir, à perdre le contrôle, ses nerfs vont lâcher. Des larmes envahissent soudain son visage lorsqu'elle comprend que venir en aide à son amie lui est impossible. Il ne lui reste plus qu'à crier sa douleur en espérant que quelqu'un entende ses appels au secours.

*

Les cris déchirants de cette séparation m'ont procuré une vive émotion mêlée d'une appréhension toujours aussi grande surtout lorsque je vois réapparaître la directrice, seule.

Les deux places vides continuent de me tourmenter.

À cet instant, les deux hommes viennent d'échanger leurs chaussures de ville contre des chaussures de marche. A leurs côtés, Joy frissonne de peur mais aussi de froid ; avec ses mocassins certes bien adaptés à son pied, sa marche s'annonce d'ores et déjà périlleuse.

— Allons marcher !

La peau de Joy s'hérisse de chair de poule, une douleur brutale et inattendue au bas du dos se réveille ; ses rhumatismes l'avertissent déjà du danger qu'elle encourt à dépasser ses limites. Malgré la fine bruine qui s'estompe peu à peu, elle fixe le paysage mélancolique d'une matinée qui vient de naître, peut-être la dernière qu'elle regarde à côté de ceux qui emmènent son destin sur les sentiers escarpés.

L'espoir fou de voir surgir Eddy et son amie pour donner aux deux gamins une raclée qu'elle n'avait jamais su donner, la maintenait vivante. C'est accroché à cet espoir qu'elle traverse la route pour rejoindre la forêt.

22

Des cris aigus avaient interrompu le début de l'entrevue avec Chloé ; la directrice s'était levée précipitamment en la laissant seule dans ce bureau à côté d'une pile de dossiers.

Elle avait entendu dire que les demandes étaient de plus en plus importantes, et qu'il serait bientôt question d'agrandir les lieux pour permettre d'accueillir davantage de pensionnaires. Parmi certains résidents, il y avait ceux qui y séjournaient depuis plus de sept ans, tandis que d'autres restaient seulement un mois. Tous ces dossiers amoncelés lui firent penser à son orientation, elle n'était pas peu fière de sa décision.

Elle regarda ensuite à l'extérieur par la seule fenêtre qui éclairait faiblement la pièce où elle attendait sagement la directrice, et en promenant son regard dehors, elle repéra deux hommes traverser la route à côté d'une pensionnaire clopin-clopant. Elle fut surprise de les voir sortir par un temps aussi humide. Son deuxième ressenti, elle n'eut pas le temps de l'exprimer, car la directrice venait de s'installer, en émettant un souffle d'agacement avant de reprendre la conversation :

— Chloé, à nous ! Je crois t'avoir déjà félicitée. L'équipe m'a parlé de ton sérieux, de ta curiosité vis-à-vis de ton travail. Ce sont d'excellentes qualités. Dans notre métier, et plus particulièrement l'environnement dans lequel nous l'exerçons chaque jour, on apprend sur la complexité de la nature humaine. Nos patients sont si imprévisibles, si sensibles, si vulnérables, que nous ne savons pas toujours comment nous comporter…Leur maladie nous donne beaucoup de fil à retordre. Saurons-nous un jour expliquer pourquoi certains résistent, tandis que d'autres se résignent ? Nous ne saurons jamais expliquer pourquoi la grande faucheuse ôte la vie à des jeunes alors qu'ici nous avons encore des centenaires qui continuent à la défier ! Notre rôle est essentiel, nous sommes un peu des passeurs, nous les amenons doucement, sereinement de l'autre côté vers leur demeure éternelle…Mais nous devons rester vigilants à chaque instant pour gérer au mieux leur mal-être. Heureusement, la science nous aide à combattre leurs comportements parfois très violents.

Chloé avala difficilement sa salive, le discours de la directrice l'a perturbée. Elle ne savait pas vraiment quoi penser de ces méthodes un peu expéditives, comme celle de donner des cachets à la moindre contrariété pour faire valdinguer leurs souffrances, ou bien si c'était ce leurre entretenu en permanence pour faire croire que vivre vieux le plus longtemps possible de cette façon était ce que le vieux désirait vraiment.

La résidence n'était-elle pas uniquement une manne financière, un filon à exploiter, un business ? Certainement autre chose aussi…Un lieu communautaire où les souffrances se réunissaient et se saluaient en se tapant dans la main !

La directrice s'écartait un peu du sujet, elle faisait des digressions, elle s'en rendit certainement compte car brusquement en regardant sa montre, elle énuméra quelques consignes à respecter :

— Je noterai un avis favorable sur ton rapport de stage. Mais si je te convoque aujourd'hui, c'est surtout pour te parler des difficultés que nous allons bientôt traverser, à cause de la rupture des Xp09. Ces jours-ci, tu dois être extrêmement vigilante. Dès que tu aperçois un pensionnaire violent, dément, nerveux, enfin tous les symptômes que tu pourrais reconnaître caractérisant la maladie, je te demande d'avertir l'équipe, le psychiatre ou moi-même. C'est très important, car nous mettons un dispositif en place pour préserver l'harmonie des lieux afin d'éviter le théâtre de drames humains.

La directrice ne souhaitait pas lui révéler le sort de ceux qui s'écarteraient de la norme, toutes les consignes qu'elle avait érigées pour pallier la délicate situation à venir. Peut-être que Chloé finirait par le savoir, mais pour l'heure, il fallait en dire le moins possible au personnel de passage.

Chloé resta silencieuse, elle faisait comme si elle l'écoutait attentivement, mais au fond, elle ne pensait qu'à son avenir loin d'ici. Elle appréhendait que la directrice lui propose de prolonger son contrat. Mais elle n'en fit rien. Elle sortit ainsi du bureau d'un pas plutôt léger et se dirigea jusqu'au vestiaire pour déposer ses affaires et enfiler sa blouse pour une journée de six heures de travail qu'elle pressentait harassantes aux vues de l'agitation perceptible des lieux.

En chemin jusqu'au vestiaire, une infirmière l'intercepta en lui demandant d'aller déposer du matériel en salle de soins, puis ensuite d'aller chercher une patiente, chambre 109.

*

Je marche d'un pas leste en ces lieux où rien ne presse. Étonnamment, j'ai perçu l'urgence d'une situation émouvante qui avait séparé dans un cri déchirant les J.J.

Je suis maintenant devant la porte de la chambre 109 d'où émanent quelques vagissements discontinus, j'ai le cœur qui bat jusque dans ma gorge. Je tourne doucement la poignée et j'avance lentement, prudemment, soudain je m'immobilise devant ce spectacle hallucinant, je reste médusé quelques secondes. Devant moi, il y a une des deux inséparables étendue sur le lit, mains attachées derrière le dos, pieds liés. Scène saisissante, bouleversante.

Sur mon visage pourpre se dessine l'incompréhension liée à une colère sourde. En me voyant, la victime me fixe en émettant immédiatement un soupir de soulagement :

— Comme je suis contente de te voir ! Vite il faut aller chercher Joy !

Je l'observe encore sans bouger ; Jenny s'approprie immédiatement la parole pour me décrire la situation dans laquelle la directrice l'a contrainte. Elle intègre dans ses mots, son angoisse d'avoir laissé partir son amie. Elle est très volubile, comme si elle redoute le silence. Malgré l'aide qu'elle me sollicite pour la libérer, je m'approche mais sans plus, c'est plus fort que moi, je pense trop à ma chère liberté, mes pensées m'obsèdent, et je ne peux m'empêcher de l'exprimer ainsi :

— Vous avez pris une décision. Vous acceptez ma proposition ?

— Mais je rêve ! La liberté, ta liberté, t'as que ça dans la tête, mon vieux ! J'suis en train de souffrir atrocement, et de t'expliquer un évènement extrêmement grave, et toi tu penses à ta liberté ! Je vais t'la donner ta réponse, s'il y a que ça à faire pour que tu m'aides. C'est vrai que j'étais la plus réticente, parce que je ne veux pas laisser le groupe seul sans nous, sans Eddy, tu comprends ! On n'est pas des égoïstes. Mais avec Joy on en a beaucoup discuté, et elle a fini par me convaincre, dit-elle le souffle haletant.

Je trouvais sa réponse suspecte, une de celles qu'on formule à la va-vite. J'avais appris à me méfier, depuis quelque temps. Elle avait besoin de moi, et même si mon comportement pouvait paraître lâche, extrêmement inhumain, j'avais un moyen de pression très favorable, d'ailleurs je crois qu'il n'en existait pas de meilleur. Alors, j'attendais. Quoi au juste ?

Plus de garanties, plus de paroles convaincantes, les paroles qu'elle venait de formuler ressemblaient trop à celles qu'on prononce lorsqu'on veut obtenir une faveur. Des boniments, avait lancé mon esprit parano. Pourtant, je m'approche de plus en plus pour observer ces sangles qui entourent ses chevilles rougies, je suis consterné par de telles pratiques, je me dis que ça pourrait être moi, malgré cela, je ne fais rien, je m'entête à vouloir obtenir une réponse plus sincère :

— Vous m'avez dit pourtant que vous étiez bien ici…

— C'est vrai mais ta proposition nous a inspirées, vraiment beaucoup inspirées... Et avec ce qui vient d'arriver, je suis encore plus déterminée à partir d'ici maintenant. Regarde, tu trouves ça humain... Vivre le plus loin d'ici, très loin de ce qu'on nous impose vient de me convaincre, définitivement. On nous enferme ici comme un troupeau avant l'abattage. On ne nous demande pas notre avis, on nous l'impose. Il est temps de conjuguer le verbe VIVRE au présent. Avec nos escapades vespérales, nous avons pourtant maintes fois eu la possibilité de partir, et pourtant à chaque fois nous avons refusé de casser définitivement nos chaînes. Nous sommes à chaque fois revenues, comme si nous n'avions pas d'autres légitimités, comme si vivre selon leurs règles, étaient la seule solution, notre unique destin. Tu nous as fait prendre conscience que la porte pouvait s'ouvrir un peu plus, notamment grâce à cette somme d'argent. Avec, on a décidé de partir nous aussi loin d'ici, le temps qu'on pourra. Nous savons que nous pouvons compter sur Eddy ; il nous aidera à fuir. Et puis de quoi avons-nous vraiment peur ? De rien voyons ! Si, d'une seule chose, de vivre comme des vieux ! En arrivant ici, nous avons combattu à notre façon notre enfermement en créant un espace de liberté... Il est temps maintenant de franchir une autre étape ! dit-elle avec conviction, en regardant ses chevilles serrées autour de ses sangles qui cisaillent sa peau. Hélas je ne ferai rien sans Joy, continua-t-elle, on est liées à la vie à la mort. Elle est mon oxygène, on est inséparables. Et à cet instant précis, elle a besoin de moi, il faut l'aider !

Je pensais toujours qu'elle exagérait, mais ses yeux exprimaient une telle souffrance, une telle sincérité qu'il m'était impossible de rester de marbre. Même si ma petite voix intérieure continuait à me dire méfie-toi, l'intonation de sa voix douce avait fait naître une vive émotion qui atténua mes craintes.

En considérant ses poignets rougis derrière son dos, je sentis d'ailleurs mon cœur se serrer, mon estomac se nouer, son sort me préoccupait comme du mien.

J'avais décidé de défaire ces sangles, hélas mes gestes étaient nerveux, mes doigts épais maladroits. Comment pouvait-on infliger un tel mépris aux personnes si inoffensives ? me répétais-je.

— Ils font ça souvent !

— Première fois. C'est la rupture des Xp09 qui les mettent à cran. La directrice à la moindre contrariété n'hésitera pas à nous infliger ce genre de sévices ! Ici la philosophie, comme tu le sais, c'est « sois vieux et tais-toi » !

Mes doigts agités continuaient à s'enliser dans la difficulté. Alors qu'elle s'impatientait, elle me suggéra :

— À l'intérieur de la table de chevet, je dissimule scotchés en haut du tiroir des ciseaux de couturière, les lames sont très tranchantes et efficaces. Oui, avant j'étais couturière, l'arthrite sur mes doigts m'empêche de m'en servir aussi souvent que je voudrais. Et puis, le règlement ici nous l'interdit. Sers-toi en pour défaire mes sangles.

Je m'en emparai aussitôt, et je fis glisser les lames délicatement pour ne pas la blesser. À aucun moment, elle sursauta lorsqu'elle ressentit la lame froide de l'objet effleurer sa peau, elle n'émit aucun son, elle était tellement heureuse de rejoindre Joy.

En un rien de temps, elle fut libérée, elle émit un ouf de soulagement. Elle secoua avec précaution ses membres meurtris. Elle semblait résistée à cette épreuve, car elle était déjà debout et ouvrait d'un geste vif la porte coulissante de l'armoire, elle se mit à farfouiller à l'intérieur ; je découvris avec étonnement l'objet qu'elle tient maintenant dans ses mains.

Je l'observe frôler de ses doigts agiles comme si rien ne s'était passé, l'écran tactile d'un téléphone cellulaire de dernière technologie. Puis elle le colle à son oreille. Avec une vive émotion, je l'entends laisser un message en insistant sur le caractère d'urgence.

Elle le range dans la poche de sa veste en laine et annonce :

— J'ai prévenu Eddy. C'est un être qui est en tous points exceptionnel, nous avons eu beaucoup de chance de le rencontrer. Tout ce qu'on vit, c'est grâce à lui ! Celui qui pourra nous aider, ça sera lui ! Malheureusement, je dois dire que son absence fait cruellement défaut, là maintenant, on doit se débrouiller seuls pour sauver Joy. Tu vas venir avec moi !

— Pas question !

— Plus on est nombreux, mieux c'est ! Je ne sortirais jamais sans elle, si elle n'est plus là, je ne t'aiderai pas !

Le silence m'étourdissait. La réflexion aussi. Pourtant je l'entendais encore énoncer ses directives :

— J'ai la clef d'une porte du sous-sol qui est peu empruntée à cette heure de la journée, cette porte donne directement accès au parking. Nous devons seulement nous méfier du vestiaire à proximité qui sert parfois de salle de pause. Nous allons sortir de la résidence par là. Va prendre une parka, enfile des chaussures de marche, et rejoins-moi ; nous traverserons dissimulés sous nos capuches le parking pour rejoindre le parc !

J'étais à la fois excité et nerveux, à cause d'un tas d'informations qui venaient de réveiller mon inquiétude que j'exprimais à voix haute :

— On aura l'air de quoi face à eux ? On ne sera jamais assez convaincants.

— On va les surprendre, ralentir leurs intentions. Eddy nous rejoindra, dit-elle en commençant à préparer ses affaires.

Je restai dubitatif. Je m'interrogeai sur son plan qui m'apparaissait ridicule. De quoi aurions-nous l'air devant eux ? C'était tendre le bâton pour se faire battre…Et si la directrice l'apprenait, quel sort nous réserverait-elle ? Allait-elle nous attacher et nous surveiller encore plus ? Non c'était vraiment trop risqué. Malgré mes peurs, une autre partie de moi-même avait pourtant envie de l'aider…Il y avait quelque chose en moi qui m'intimait d'agir, n'y avait-il pas Eddy pour rattraper les situations extrêmes ?

Ma conscience du danger finit par déserter au profit d'une inconscience de mouvements. Je me surpris en train d'accepter sa proposition en secouant énergiquement la tête, et en partant sans me retourner de peur de regretter. Je me précipitai avec l'énergie de mes presque quatre-vingts ans avec ma rage sans âge soulevant énergiquement mes pas jusqu'à ma chambre.

La fougue dura qu'un instant, car devant l'armoire, sur mon front perlaient déjà des gouttes de sueurs tièdes. A la lisière de la commissure de ma bouche aux lèvres tremblotantes, je goûtai le sel de cette agitation inhabituelle, mes vingt ans avaient disparu depuis fort longtemps dans les limbes de mon passé. C'était en effet ce que je redoutais. Avant d'ouvrir la porte coulissante, je dus ainsi m'asseoir sur le rebord du lit pour ralentir les battements accélérés de mon cœur. La peur, le manque d'endurance, tout ça mélangé provoquait un vertige.

Ma volonté semblait aussi farouche que ma respiration pantelante. Au moment où je me penchai pour faire mes lacets, j'ignorais avec allégeance la douleur aiguë et impromptue qui venait de se réveiller au bas de mon dos.

Un cri accompagna le craquèlement de mes os. J'avais de bonnes raisons de m'engager sur cette voie sinueuse pourtant, car au bout du chemin, n'entrevoyais-je pas ma liberté ? Soudain le couteau subtilisé à l'atelier apparut dans mon esprit comme une providence, et sectionna radicalement mes doutes…

Je revis la lame bien aiguisée et sa pointe qui pouvaient tout à fait nous soutenir dans notre intrépide action. Je me saisis ainsi de l'objet, le mets dans la poche de ma parka que je roule en boule. Puis je rejoins d'un pas plutôt leste Jenny qui m'attend déjà dans le couloir avec un sac à dos et une canne en bois.

— Mets ton blouson dans le sac. On va marcher côte à côte pour bien dissimuler le sac que je planquerai sous ma grande veste.

Elle passe un bras sous le mien, se colle à moi et nous avançons ainsi jusqu'aux escaliers côte à côte. Nos pas sont rapides, avec l'intention de ralentir si nous croisons un soignant. Pas synchronisés, allure symbiotique convergeant vers un même but.

— Si on croise quelqu'un, on fixe le sol, avait-elle ajouté.

Lorsque nous empruntons les escaliers, nous sommes seuls. Hélas, peu de temps après, arrivés en bas, nous croisons la jeune Chloé. A cet instant, nos cœurs se mettent à battre jusque dans nos ventres. La peur d'échouer. Jenny s'agrippe plus fort contre moi, je sens sa poitrine frétiller comme une amoureuse qui sollicite une plus grande attention.

Nous continuons ainsi sans nous préoccuper de la jeune stagiaire, sans nous retourner, en avançant tête baissée. Notre marche a ralenti, elle est devenue lente mais toujours progressive, nous sommes maintenant dans le couloir éclairé par la porte-fenêtre que nous souhaitons rejoindre avec impatience, cette porte que nous allons franchir est seulement à quelques pas. Nous formons une silhouette étrange, c'est cette même silhouette soudée qui passe devant la salle de pause.

À cet instant, une pression plus forte encore fait trembler nos jambes qui auraient pu nous lâcher si nous n'étions pas aussi déterminés et combatifs. Quand nous sommes arrivés devant la porte, personne ne nous avait surpris, nous avions passé la première étape avec succès. Dans cette partie de la résidence, c'était tout à fait inhabituel d'y croiser quelqu'un.

Au sous-sol, il n'y avait que des pièces de rangement et d'archives. C'est d'ailleurs au même étage qu'avaient lieu les festivités du groupe.

En touchant la porte, Jenny lâche un petit ouf de soulagement ; toutefois notre appréhension continue à nous maintenir alertes, et grandit inéluctablement sans pouvoir arrêter sa course. Jenny sent sur son visage l'air humide. Affublés de nos parkas, la fraîcheur automnale s'abat sur nos épaules alourdissant notre intrépide échappée ; heureusement, la fine bruine commence à se dissiper.

Nous n'avons guère le temps de reprendre notre souffle, ce souffle haletant qui allait nous accompagner tout le long. Avec notre accoutrement, tête dissimulée sous une capuche, nos silhouettes étaient anonymes et banales, comme les autres, seule notre démarche à l'allure saccadée, mécanique, convulsive pouvait nous trahir. Mais qui pouvait s'imaginer une situation aussi improbable ? Nous arrivâmes sans difficultés à l'entrée du bois. Jenny sortit la canne dissimulée sous sa veste, elle allait s'en servir pour se soutenir mais aussi pour se défendre.

De l'inconscience perlait sur nos tempes humides. Avant de poursuivre sur le sentier de terre, nous nous arrêtâmes un instant pour reprendre notre souffle.

Cependant un cri résonna comme un coup de tonnerre, accentuant notre angoisse comme un fauve qui bondit.

La projection de l'avenir devint subitement aussi sombre que le champ de blé aux corbeaux de Van Gogh, tout autour de nous, des ombres noires dansaient comme de mauvais présages. J'ignorai mon point de côté ainsi que mon cœur de plus en plus tapageur dans ma poitrine éprouvée. Je voyais bien que dans les yeux de ma partenaire, c'était le même sentiment d'angoisse. Nous empruntâmes le chemin où des empreintes fraîches laissées sur le sol instable allaient nous guider. Nous n'espérions qu'une seule chose : arriver à temps.

*

Chloé vient d'arriver dans la chambre 109. Personne. Elle remarque sur le sol deux bouts de sangles qu'elle ramasse. Instinctivement, elle se dirige vers la fenêtre. Deux silhouettes qui traversent la route attirent son attention ; c'est la même silhouette qu'elle vient de croiser dans les escaliers à l'instant. Elle les suit jusqu'à l'entrée du bois. Pourquoi ne leur avait-elle pas parlé lorsqu'elle les avait croisés ? N'avait-elle pas reconnu celle qui ne se séparait jamais de son amie et qu'on lui avait demandé d'aller chercher dans sa chambre ? Ça avait sûrement fait tilt dans son esprit.

Pourtant elle avait continué son chemin. Maintenant elle voyait au loin les mêmes personnes, même attitude, même démarche, et puis cette canne que l'une des silhouettes sortit ; il n'y avait aucun doute, elle assistait impuissante à la fugue de résidents. Elle mit une main devant sa bouche pour refreiner un cri de stupeur en les regardant s'enfoncer dans la forêt.

Elle se retourna, dos plaqué contre la fenêtre, elle resta immobile, son regard se posa sur les sangles devenues des morceaux de ficelles insignifiantes serpentant sur le sol en lino. Un couteau ou des ciseaux avaient dû les couper. Les images qu'elle voyait naître à la vue de ces sangles creusaient le puits de sa révolte. Toutes ces images produisirent un étrange mouvement, et d'un pas alerte, elle sortit de la chambre en claquant la porte.

*

Des empreintes de pas, une minuscule et deux grosses chaussures crantées, avaient guidé notre marche. Un cri effroyable venait d'accélérer notre cadence. Sur les côtés, des fougères et des broussailles formaient une haie sauvage ; le bois humide exhalé un parfum automnal ; le soleil perçait par endroits en produisant un jeu de lumière clignotant comme des phares éclairant leur parcours.

Un nouveau cri résonna plus angoissant encore que le précédent. Jenny tremblait ; la peur l'étreignait avec insistance. Elle aurait tant aimé être aussi rapide que ce moineau qui passa devant elle, ce tétrapode qui fit une halte sur une branche au bord de la rivière au côté d'un étrange trio.

Le corps de Joy était recouvert de plaies sous ses vêtements par endroits déchirés ; cette marche précipitée l'avait fait tomber plusieurs fois sur le sol parfois rocailleux. Les deux frères lui imposaient un rythme effréné, ses pieds l'avertissaient à chaque nouveau pas sur les limites qu'elle outre dépassait.

Le traitement qu'elle subissait était une torture pour ses os fragiles. Entre deux cris déchirants, elle avait pourtant réussi à sortir de sa bouche asséchée une question comme si comprendre pouvait encore tout pardonner :

— Pourquoi ?

— Il paraît que tu adores te promener…Mais rafraîchis-toi un peu. On a encore un peu de marche, s'exclama l'un d'eux, le regard torve.

— Que voulez-vous…

— On veut juste t'aider…Regarde-toi, tu dois en avoir marre d'être enfermé constamment. Depuis combien d'années déjà ? dit le plus ventru devenu aussi le plus nerveux que la marche avait essoufflé un peu trop et que les petits cris de la vieille agaçaient.

— Je ne sais plus…Deux ou trois mois…

— Pas de ça avec nous ! L'oubli chez toi n'est qu'un leurre. Les diagnostics n'étaient pas si mauvais. La preuve…et les traitements sont si efficaces ! C'est dingue comme ils prennent soin de toi, c'est même indécent ! Tu ne vas tout de même pas rester sempiternellement dans cette maison où on s'occupe des vieux mieux que des nourrissons ! Nous n'avions pas prévu ça pour toi !

— Pourquoi ? C'était le seul mot qu'elle parvenait à émettre correctement, en plus de ces petits cris de détresse…

Il s'approcha en la regardant avec mépris :

— C'est pourtant aussi clair que l'eau sur tes pieds, non ?!

Un nouveau cri monta au-delà des cimes des chênes rouvres. Aucun doute quant à leurs viles intentions. La douleur se nichait maintenant jusque sur la pointe de ses os meurtris, son cœur était fissuré par la peur comme des plaies ouvertes, comme celles sur ses mains et ses genoux. Ses dents se mirent à claquer, elle grelottait. Une chair de poule avait envahi tous ses membres, elle tremblait de douleur et de froid. Un liquide chaud coula le long de ses jambes. Elle commençait à céder.

Des larmes roulaient abondamment sur son visage déformé par l'angoisse, l'angoisse de ne plus revoir son amie l'empoigna si vivement qu'elle se mit à chavirer. Tous les bons moments défilèrent tous azimuts dans son esprit. Pourquoi se battre lorsque la mort lance avec autant d'acharnement ses sbires ?

*

Tandis que Joy se laissait emporter, malgré la boue sous nos semelles crasseuses qui freinaient nos pas cadencés, nous continuâmes notre progression à travers la forêt. Nous manquâmes de tomber plusieurs fois, la canne nous aidait à rester debout.

Notre duo rivalisait plutôt bien face à l'adversité.

Nous continuâmes à ignorer notre souffle pantelant ainsi que nos douleurs diffuses à différents endroits de notre corps qui réclamait plus d'indulgence. Notre rage inextinguible nous imposait ce rythme, un rythme que nous avions décidé de tenir.

*

Au même moment, Chloé vient d'ouvrir la porte et monte en courant les quelques marches qui donnent accès au parking, elle se dirige vers la route, elle s'engouffre dans la forêt, suit le même chemin boueux se fiant aux empreintes multiples sur le sol. Quelques rayons du soleil s'invitent timidement, la pluie a cessé de tomber.

Les sangles dans ses poches continuent à marteler son esprit et l'encouragent à ramener les fugueurs sain et sauf à la résidence. Elle veut leur épargner une terrible sanction. Elle se fout du risque qu'elle prend en allant les chercher ; Dieu seul sait combien de jours, de mois, d'années il leur reste encore à vivre ainsi. Si elle peut leur éviter une sévère sanction, elle pourra ainsi être fière d'avoir accompli cet acte de bravoure avant de partir.

*

Lorsque son téléphone portable sonna, Eddy était à l'étage en train de terminer de se préparer. Devant le miroir, il observait ses cernes noircis sous des yeux fatigués par une courte nuit de sommeil.

Depuis sa rencontre avec les talentueuses J.J., sa vie avait pris un tournant radicalement opposé.

La monotonie de son quotidien avait cessé d'exister. Avant les minutes défilaient lentement, beaucoup trop lentement.

Ce changement l'avait rendu plus vivant, il avait même insufflé une nouvelle direction, un sens à sa vie. Il était heureux de voir le groupe se détendre, sourire, s'amuser et oublier un instant la lourdeur de leur quotidien.

Il avait pris à cœur sa mission comme un devoir à accomplir tous les jours à heure fixe. Son dévouement était sans limite.

Aujourd'hui, en fin de matinée, il avait rendez-vous avec la directrice à cause du problème de pénurie des Xp09 que le groupe utilisait parcimonieusement en fine poudre dans la nourriture et dans l'eau de l'équipe du soir. Il avait prévenu les leaders du groupe que cette pénurie allait peut-être perturber le calme de la résidence. En revanche, le groupe ne devait pas s'inquiéter, il avait constitué un stock assez important pour faire face pour ce genre de situation.

En écoutant le message sur son portable, son visage s'était soudain enflammé ; son cœur s'était mis à taper rageusement, des secousses spasmodiques parcourraient tout son corps.

En raccrochant, il s'était instantanément dirigé à l'intérieur du garage, animé par une nervosité grandissante à mesure, il farfouilla dans quelques affaires et sortit une carabine ayant jadis appartenu à son père. Il n'était même pas certain qu'elle fonctionne ni même qu'elle soit chargée en munitions, mais il était sûr d'une chose, une seule, de l'effet dissuasif que cet objet allait provoquer ! Il la rangea dans le coffre de sa Ford dans laquelle il prit place, nerveux et déterminé, le regard haineux, et il fonça à toute berzingue en direction du bois.

*

Nous nous approchions doucement, pour mieux observer les trois silhouettes : il y en avait deux imposantes et en contrebas une troisième se tordant de douleurs.

Joy était en pleurs, recouverte de crasse. En la voyant si fragile, Jenny ne put s'empêcher de vouloir courir vers elle, mais je la retenais à temps par le bras. Je la regardai avec un air perplexe, et je lui chuchotai que nous ne devions pas nous précipiter. Nous devions nous préparer avant d'intervenir. D'un geste affirmé, elle montra sa canne.

Je répliquai en sortant de ma poche le couteau devant ses yeux ébahis. Cet objet servirait d'arme.

Elle esquissa un sourire approbateur. Nous nous regardâmes confiants cette fois, notre peur avait ralenti un peu, nous pensions que nous pouvions sauver sans difficulté Joy et la ramener avec nous...

Nous avançâmes lentement, prudemment pour créer un effet de surprise. Jenny devant moi

avec sa canne qu'elle tenait fermement.
Malheureusement le bruissement des feuilles
mortes ainsi que le craquement d'une branche
sous mon poids fit sursauter trop tôt les deux
assassins qui se retournèrent instantanément avec
des yeux d'une extrême violence, ces yeux nous
dévisagèrent avec sévérité. Jenny n'était pas
intimidée, bien au contraire, c'est elle qui lança la
première les hostilités en brandissant l'objet, je
fis de même en sortant le couteau !

*

Joy entend le murmure de l'eau. Dans son
esprit ruisselle la nostalgie des jours heureux. Elle
lève les yeux vers le ciel. Dieu n'a-t-Il pas
pitié en la voyant se débattre ? Qu'attend-Il pour
condamner la folie de ces hommes ? Penser à Lui
en un moment aussi tragique, alors qu'elle l'avait
sciemment ignoré pendant toute son existence
était sûrement inconvenant, mais c'est tout ce
qu'elle pouvait imaginer en cet instant. Une foi
un peu fabriquée pour la circonstance mais qui
atténuait irrémédiablement quelques-unes de ses
souffrances. A travers l'épais nuage perce
maintenant les rayons d'un soleil plus généreux,
sa chaleur illumine son visage humide. Un signe.
Un espoir. Elle sourit.

Une larme, la dernière peut-être, tremble au
coin de l'œil, puis roule sur sa joue glacée. Son
corps se raidit. Elle distingue à peine les deux
silhouettes qui viennent de s'approcher, elle ne

perçoit que des formes floues. La lumière brûle ses yeux comme la lumière d'un projecteur sur la scène de son dernier acte. Soudain un voile noir apparaît devant ses yeux. Le rideau tombe.

*

Jenny avait été la première à lancer les hostilités en défiant avec sa canne ses ennemis à la figure rubiconde. Elle jetait un œil sur son amie qui était dorénavant couchée sur le dos, une partie de son corps immobile immergé dans l'eau froide de la rivière. Elle voulait se précipiter pour la sauver, mais les deux frères dont l'étonnement se lisait sur leur visage faisaient barrage. Comment ces vieux rebelles avaient-ils pu échapper à la surveillance du personnel soignant ? Comment avaient-ils pu les suivre? Comment osaient-ils interrompre leur réunion de famille ? Cette réalité les avait un peu déstabilisés, un court instant seulement, puis ils avaient souri en regardant l'objet que ces « petits joueurs » tenaient dans leurs mains tremblotantes. Voir ces deux vieux brandir des armes qui tremblaient au rythme de leur vieillesse était plutôt cocasse. Toutefois ils abandonnèrent vite leur moquerie au profit d'une sévérité de circonstance. En réalité, cette surprise était de très mauvais goût.

— Laissez-la tranquille ! hurla Jenny

Le plus robuste s'approcha d'elle, et sans ménagement d'un geste vif et précis lui arracha sa canne qu'il lança loin, sur un tas de feuilles mortes, puis il lui prit le poignet en lui serrant très fort. Elle hurla cette fois de douleur.

— Ferme-la !

Le moins robuste s'avança vers moi pour me réserver le même sort. Mais je ne comptais pas me laisser faire aussi facilement, et en faisant des va-et-vient avec mon couteau, je réussis à le repousser un peu ; il finit par m'ôter l'objet des mains, mais j'avais réussi à le blesser.

— Ah le con, il m'a coupé !

Toutefois ce geste décupla sa colère, et un coup violent s'abattit instantanément sur ma nuque ; je m'effondrai minablement sur le sol, genoux repliés, tête baissée, un voile blanc apparut devant mes yeux.

— On les attache en attendant d'en finir avec l'autre, ordonna celui qui en bon chef allait sûrement trouver rapidement une solution.

Au moment où ils s'affairaient à nous immobiliser, Chloé arriva comme un cheveu sur la soupe. La seule chose qu'elle réussit à émettre distinctement, c'est ce cri de terreur (guère plus originale que ses prédécesseurs), qui se répandit bien au-delà de la cime des arbres. Elle aurait certainement renouvelé son cri, si le bruissement de glands comme un bruit d'ossements qui se brise n'avaient pas interrompu ce rendez-vous macabre.

23

Ramener Joy à la voiture était la seule préoccupation. En chemin, ils n'avaient cessé de regarder autour d'eux, l'estomac noué, l'appréhension tenace marquée sur leur visage, la peur de voir resurgir les deux assassins.

Le fusil n'avait pas été la seule arme dissuasive, le comportement du quatrième invité au moment où Chloé allait émettre son deuxième cri, avait été d'une redoutable efficacité. Eddy apparut avec son fusil braqué sur les deux frères.

Comme un comédien talentueux, il avait réussi la prise du premier coup. Il avait joué, en partie seulement, car sa haine n'avait jamais été aussi sincère.

Lorsqu'il pointa l'arme en direction des deux avec une telle agressivité, avec une si grande puissance et générosité dans ses gestes en y mêlant des paroles concises, Jenny avait vu se profiler un drame.

Il n'avait jamais été question de se servir de cette carabine évidemment - *n'ayant pas eu le temps d'être initié à cette pratique* - dont il n'était même pas certain qu'elle soit chargée en munitions, il s'en était servi juste pour accompagner ses paroles. Finalement elle avait si bien accompagné ses mots qu'en un rien de temps, les deux avaient détalé sans se retourner, disparaissant dans les bois.

Eddy avait crié *Gars à vous si je vous revois dans les parages bande de criminels*. Jenny avait retrouvé le sourire mais il fut de courte durée, car elle s'inquiéta du corps immobile de Joy dans l'eau glacée de la rivière, et tout en se dirigeant vers elle, elle cria *il faut la sauver*.

Ils accoururent et soulevèrent difficilement son corps qui pesait des tonnes. Cholé lui mit un gilet sur les épaules. Après avoir confié le fusil à la jeune stagiaire dévouée, Eddy souleva Joy, pantin désarticulé et la porta sur son dos. Il devait faire un effort considérable jusqu'à la voiture immobilisée sur un petit chemin rocailleux en retrait de l'artère principale. Sur le chemin du retour, Jenny avait parlé à son amie évanouie, sans s'arrêter comme si l'espoir de la voir rouvrir les yeux pouvait se faire aussi naturellement ; son souffle court influait sur ses mots qu'elle ne parvenait pas toujours à prononcer correctement.

Lorsqu'ils l'installèrent à l'arrière de la voiture, Chloé lui prodigua les premiers secours, elle faisait comme elle pouvait, Eddy alluma aussitôt le moteur pour répandre de la chaleur.

Hélas toutes leurs tentatives étaient vaines, il fallait la ramener dans sa chambre au plus vite pour lui changer ses vêtements mouillés, pour soigner ses plaies éparses, et pour l'aider à se sortir définitivement de cette somnolence létale dans laquelle elle semblait se laisser glisser. La jeune aide-soignante déclara ainsi qu'elle était sûrement en hypothermie, à un stade plutôt avancé précisa-t-elle. Il fallait lui épargner dans le meilleur des cas les urgences de l'hôpital situé à plus d'une vingtaine de kilomètres, il fallait aussi éviter d'éveiller les soupçons, les questionnements...

Son teint livide, ses tâches violacées autour de ses lèvres légèrement gonflées comme des engelures ne rassuraient pas le petit comité qui s'était rassemblé autour d'elle, espérant qu'elle émette ne serait-ce qu'un geste, ne serait-ce qu'un son, n'importe quoi, bordel, mais qu'elle leur fasse signe ! Ce silence morbide pénétrait leur esprit inquiet, la Mort rôdait tout prêt, les encercler, dorénavant ils allaient devoir mener un combat pour la sauver…

24

Eddy avait stationné sa voiture non loin de la porte si peu fréquentée à cette heure de la journée. Toutefois, maintenant il y avait un risque qu'ils n'avaient pas connu à l'aller. À cause de celui qui était venu ranger les pièces pour l'isolement. Des bruits nouveaux qui se répandaient dans le corridor, alertèrent immédiatement Chloé qui dut redoubler de vigilance lorsqu'elle s'avança seule dans la salle de pause pour récupérer une chaise roulante avec l'intention d'y installer Joy. Une fois cette mission accomplie, elle fit de grands gestes énergiques, un peu nerveux, pour avertir les autres de se dépêcher d'entrer en profitant du silence du couloir. Avec beaucoup d'aplomb, ils avaient ainsi tous franchi avec succès la porte restée entrouverte. Eddy avait transporté Joy toujours évanouie, et il l'avait installée sur la chaise roulante. Une fois à l'intérieur, ils émirent tous un ouf de soulagement, ils avaient la sensation d'avoir réussi à camoufler cet étrange sauvetage.

Toutefois en passant devant la porte à côté de laquelle quelques objets épars jonchés le sol, des bruits de rangement accélèrent leur tension artérielle. Une appréhension plus grande se manifesta lorsque la porte s'ouvrit. A cet instant, certains sursautèrent, pourtant aucun ne se retourna, ils avaient déjà passé la porte, il n'y avait rien d'étrange à ce qu'ils se promènent dans les couloirs.

L'homme l'air un peu hébété les avait regardés, mais il n'avait prononcé aucun mot.

Chloé s'avança jusqu'à l'ascenseur tandis que les autres venaient de bifurquer pour emprunter les escaliers. Elle était restée silencieuse, avait souri à son collègue, il lui avait même répondu puis il était retourné à son rangement. A cet instant, Chloé essuya quelques gouttes de sueur sur son front. Nous avions tous rendez-vous dans la chambre de Joy, chambre 112.

Au premier étage, en parcourant le couloir silencieux où régnait un mélange de différents produits chimiques distillant un parfum entêtant, seuls résonnaient nos pas, légers ou bien saccadés. Absolument rien, ni personne n'avait entravé notre dessein. L'équipe médicale s'affairait dans la grande salle commune pour préparer les patients au repas de midi.

Les hôteliers avaient fini de nettoyer les chambres, et la directrice enchaînait depuis le matin les rendez-vous. Tout s'était déroulé comme nous l'avions espéré. Tandis qu'Eddy et Chloé installaient Joy dans son lit, Jenny et moi quittions notre blouson, et remettions nos chaussons ; nous étions redevenus des résidents que rien n'avait perturbé.

Joy ne s'était toujours pas réveillée, malgré les efforts renouvelés pour la soigner. Chloé avait remplacé ses vêtements mouillés par des vêtements secs ; elle avait branché une sonde pour réhydrater son corps. Nous avions décidé d'attendre encore un peu avant de prévenir une infirmière. Autour du lit, nous priâmes pour qu'elle surmonte cette redoutable épreuve.

Pour masquer l'insoutenable attente, Chloé commença à poser des questions. Elle se tourna vers Eddy, vers moi, puis enfin vers Jenny. Elle attendait des explications. Mais nous étions muets.

Je ne voyais pas comment lui expliquer cette sortie que Jenny avait initiée. Elle était la plus à même d'évoquer les secrets qui enfermaient depuis quelques années l'enceinte de la résidence. Mais ses yeux fixaient le sol avec insistance – même si ce n'était pas son genre de baisser les yeux – elle montrait cependant qu'elle n'avait rien trouvé de mieux face à la jeune stagiaire.

Ambiance gênante, glaciale, inconfortable, le silence prenait toute la place dans cette petite chambre mortifère tandis que Chloé s'impatientait, se montrant même agacée par les silences, elle se mit soudain à faire la morale :

— Vous avez peur de quoi ? Que je vous balance…Je l'aurais déjà fait, vous ne croyez pas ? Je pars à la fin de la semaine, je n'en peux plus de voir des gens qu'on gave de médicaments, tout ça pour entretenir la sérénité des lieux, et voilà que maintenant ils sont prêts à vous attacher. C'est ignoble !

Elle sortit de sa poche les bouts de sangles polypropylènes.

Et continua :

— C'est insoutenable ça ! A vrai dire, c'est ce qui m'a poussée à traverser la route pour vous rejoindre, ces sangles sur le sol. Mais dites-moi, comment avez-vous réussi à partir ? Il y a quelque chose qui m'échappe. Je veux savoir, vous pouvez me faire confiance, je ne dirai rien. Je suis de votre côté ! Pourquoi êtes-vous silencieux…Eddy ?!

Rien. Eddy ne disait rien. Le silence, il n'y avait que le silence qui nous entourait. Agacée, elle annonça :

— En attendant que vous retrouviez l'usage de la parole, je vais chercher des pansements pour ses vilaines plaies ! dit-elle avec une pointe de désappointement dans la voix.

Elle avait claqué la porte ; Jenny avait attendu que le bruit de ses pas disparaisse, puis de sa voix enraillée elle avait prononcé :

— À quoi ça va lui servir de savoir ? Pourquoi lui dire qu'on prend des libertés, le soir, que tout se transforme en fête, qu'un groupe de vieux s'éclatent pendant que d'autres agonisent ! Vous croyez que ça en vaut la peine…

J'étais accoudé contre la fenêtre, attiré par l'extérieur, par l'envie de liberté qui me provoquait inlassablement, j'aurais tellement aimé me réfugier dans ses bras, je n'arrivais pas vraiment à m'immiscer dans la conversation, et pourtant lorsque je m'éloignai de la fenêtre en frôlant la silhouette voûtée de Jenny, je ne pus m'empêcher de l'interroger :

— C'est vrai, de quoi as-tu peur ? Tu vas bientôt partir toi aussi ?

Eddy sursauta. Il était devenu blême. Il avait réagi immédiatement à mes propos en formulant son étonnement par une réplique balbutiante :

— Comment ! Partir ?

Jenny se sentit faiblir. Je savais que la réponse qu'elle m'avait faite au moment où elle était attachée, n'était qu'un prétexte pour la libérer. Son silence en disait long. Pourtant elle ne pouvait plus se défiler. Mais je crois aussi que les choses avaient dû changer, je le sus instantanément lorsqu'elle prononça ces quelques mots :

— Partir, c'est une possibilité à laquelle on réfléchissait sérieusement avec Joy ce matin, avant même le terrible évènement, commença-t-elle. Mais on n'a pas eu le temps de t'en parler. Crois-moi après ce que Joy a vécu, elle va vouloir déguerpir au plus vite ! Dieu seul sait s'ils sont capables de revenir pour nous achever définitivement la prochaine fois…Partir au plus vite est la seule solution pour leur échapper. J'espère seulement que Joy sera en forme. Avec l'argent que nous propose Raymond, on réussira certainement à se planquer quelque temps, le temps de se faire oublier. N'est-ce pas Eddy ? T'as vu comment ils nous traitent ! Ce que la directrice m'a fait subir ce matin, regarde mes poignets. Quel sort nous réserveront-ils la prochaine fois ? On ne sait pas de quoi ils sont capables. Pour eux, on est des êtres faibles, vulnérables, notre parole ne vaut rien. Ils auront toujours raison, nous toujours tort. C'est ainsi que nous apparaissons, des êtres en perdition, en fin de vie incapable de penser, de se souvenir, de comprendre, de nous mouvoir, de nous défendre…ils…

J'interrompis son monologue défaitiste, je ne voulais pas de cet état d'esprit qui ruinerait l'avenir, mon avenir.

Pour moi, il y avait un futur ; il fallait juste avoir confiance et le regarder droit dans les yeux, et surtout ne pas succomber à de sombres pensées qui pouvaient que le nuire.

— Grâce à des gens comme Eddy, on peut agir rapidement mais il ne faut rien négliger, ni personne. Je crois que nous pouvons compter sur Chloé. Son envie de nous aider est sincère. Il ne faut pas lui refuser. Avant, il faut qu'elle sache l'histoire, votre histoire et celle qu'on envisage de réaliser ensemble ! Si nous devons partir rapidement, il nous faudra compter sur des alliés, et on aura sûrement besoin d'elle…Elle est jeune, dynamique, un pied ici mais aussi à l'extérieur, elle a l'énergie qui nous manque. Elle aidera Eddy à préparer notre départ. J'ai déjà quelques plans de prévu. Pour moi, c'est simple, il me faut un billet d'avion, et pour vous et le groupe, il y a sûrement un moyen de tous nous évader. Eddy aura besoin d'aide.

Fixant le paysage mélancolique, Jenny semblait maintenant perdue dans d'intenses réflexions ; c'était la première fois qu'elle l'entendait se préoccuper du groupe. Elle ne pensait pas qu'il puisse prendre à cœur l'avenir de tous…Son envie de partir était sincère, presque aussi forte maintenant que celle de Raymond. Elle répliqua avec conviction :

— On ne peut pas laisser le groupe seul ! Il faut aussi les libérer !

— Alors libérons-les ! Provoquai-je, sans penser un seul instant aux conséquences que cela allait entraîner. Une idée aussi ambitieuse était certainement l'œuvre d'un grand malade, ce que j'étais devenu au fond depuis quelque temps, mais j'étais un malade d'un autre genre, un peu belliqueux qui ne semblait avoir peur d'aucun défi même de cette ampleur.

Jenny observait Eddy ; elle guettait ses réactions, ses gestes, elle scrutait les traits de son visage à la recherche d'une approbation, d'une émotion. Il semblait un peu sonné par tant de révélations en si peu de temps qui annonçaient inévitablement un changement radical dans sa vie. Bien sûr, qu'il accepterait de les suivre. Mais comment se résoudre à quitter ses habitudes sans éveiller la curiosité ? Aucune décision devait se prendre à la légère, sur un coup de tête pourtant ces graves évènements ne laissaient pas de place à l'attente…Pour lui, c'était évident, il ferait tout pour les aider, leur vœu serait toujours exaucé. *Au fond, ce n'était qu'une préoccupation matérielle*, avait-il pensé.

Il commença à élaborer quelques méthodes d'organisation, il était méticuleux, et sans que personne ne s'y attende, il formula à voix haute le souhait d'intégrer Chloé dans l'équipe. C'était la première fois qu'il demandait de l'aide. Mais il ne voyait pas comment résoudre le problème du groupe, si les deux leaders partaient, qu'adviendrait-il des autres ? Eddy ça le contrariait de les laisser, d'arrêter ces fêtes qui les remplissaient de joie, qui faisaient naître des étincelles dans leurs yeux embrumés.

Je réfléchissais déjà à les libérer, ça serait sûrement compliqué mais pas insurmontable me répétais-je comme pour me convaincre de ce que j'avais suggéré sur un coup de tête.

Moi je savais très précisément comment rejoindre ma nièce, quelqu'un m'attendait, je n'allais pas me perdre, tandis que le groupe, pour la plupart, y avait-il quelqu'un qui souhaitait leur libération, quelqu'un qui les attendait ? J'avais mon passeport, j'avais de l'argent. A part moi, personne d'autre ne détenait ses papiers d'identité, ni même d'argent. Je pouvais tout à fait leur en donner un peu, mais pour aller où et faire quoi ? Bien sûr, il n'était pas question qu'ils entreprennent un grand voyage, mais s'ils pouvaient déjà casser un peu cette fin juste pour une courte balade qui pouvait tout à fait s'avérer plus longue que prévue s'ils se débrouillaient bien.

Plein d'idées mitraillaient mon esprit criblé pour le moment de plans imprécis, des plans qui disparaissaient aussi vite qu'ils apparaissaient. Au moment où Eddy allait s'exprimer, un râle assourdissant envahissait la pièce…Il n'y avait que Joy pour émettre ce genre de bruit indéfinissable. Nous nous approchâmes pour l'encourager à se réveiller. Jenny commença à lui parler, on était tous accrochés à l'espoir de la voir renaître… Quelques minutes passèrent. Nous étions restés à attendre pour détecter un mouvement sur son visage. Lorsqu'elle cligna des yeux, Jenny se mit à crier de joie.

*

Lumière blanche et compacte. Sensation étrange. Vivante ou morte ? Elle ne ressent plus rien. Autour d'elle tout semble tourner, tourner autour d'un vide, autour du vide, d'une lumière trop intense qui ampute sa vision.

Vision altérée, floue. La lumière hypnotise et provoque une sensation de vertige. Rêve ou réalité ? Ou l'autre monde ? Elle ne parvient ni à crier, ni à hurler. Est-ce ainsi la fin, juste une lumière, une aura, quelque chose d'irrationnelle qu'on ne peut pas expliquer, quelque chose de nullement comparable à ce qu'on vit, même lorsqu'on y revient, ça vous laisse sans voix.

Pourtant, il lui semble que le néant a une couleur, qu'il possède une forme, elle aperçoit même des silhouettes lointaines, un peu floues ; une faible lumière vient subitement projeter des ombres qui dansent sur le mur de sa prison intérieure. Deux, peut-être trois…Elle voudrait les approcher, impossible, elle tourne sur elle-même. Soudain elle replonge dans le noir.

Seuls les battements de son cœur résonnent, c'est l'unique son qu'elle perçoit. Quelques secondes passent qui paraissent une éternité, puis subitement une lumière jaune, intense, aveuglante jaillit brutalement comme la lumière d'une lampe projetée sur un mur sombre.

Au fur et à mesure, la lumière devient plus douce, plus naturelle, elle perçoit des nuances, des formes qui se dessinent plus clairement, elle n'arrive toujours pas à émettre un son, ni même à réagir. Une sensation de froid la paralyse ou bien c'est autre chose, elle ne sait pas comment la définir. Peu à peu les formes apparaissent plus nettement, elle voit des visages, des mouvements sur leur visage. Elle sent quelque chose d'humide sur son front.

Son cœur continue à battre plus fort, elle a l'impression qu'il grandit dans son corps ; des images floues sont encore là, elle entend quelque chose maintenant, un murmure, un sifflement, ça monte crescendo, ça fait mal, soudain c'est l'explosion, la réalité vient de resurgir brutale comme un plongeur en apnée qui sortirait de l'eau, le souffle sifflant à la recherche d'oxygène. Elle vient de réapparaître à la surface. Ses yeux en témoignent, ils sont grands ouverts immobiles, elle reconnaît le visage de Jenny qu'elle entend crier de joie.

*

Ses mains se mirent à bouger avec des spasmes sur ses phalanges osseuses terriblement nouées.

Brusquement elle ouvrit les yeux mais des yeux étranges presque vitreux sans émotion fixant le plafond une fraction de seconde. A cet instant, Jenny ne put s'empêcher d'émettre un cri d'effroi, elle redoutait le pire. Non. Ce n'était pas le pire. Car de nouveau, elle cligna les yeux, cette fois en tournant légèrement la tête sur le côté. Elle était vivante. Elle reprenait possession de son corps. Autour d'elle, des cris de bonheur envahissaient l'espace de sa chambre. Soudain la porte s'ouvrit, Chloé réapparut en nous demandant de parler moins fort car on nous entendait jusqu'au fond du couloir.

Devant tant de joie, Jenny se montra soudain loquace envers la jeune aide-soignante. Elle ne sait pas ce qui la poussa réellement à tout dévoiler, sa joie de revoir Joy, l'envie de voir se concrétiser l'avenir ou bien sa reconnaissance envers celle qui avait sauvé son amie. Tout en soignant les plaies de la miraculée, Chloé écouta attentivement le récit, parfois en levant des yeux étonnés vers Eddy qu'elle interrogeait du regard comme pour savoir si c'était vrai.

Il confirmait par des mouvements de tête. Chloé s'émerveillait à mesure qu'elle découvrait ce qui se passait la nuit en des lieux si surveillés.

Elle n'émettait aucun jugement sur ce qu'elle entendait, elle était juste émerveillée, surtout avec une directrice si préoccupée par la tranquillité des lieux, cette histoire était miraculeuse. Une fois le récit terminé, elle ne put s'empêcher de sourire en pensant à l'équipe soignante qui semblait tout vouloir maîtriser en donnant des consignes médicamenteuses, et qui se croyait maître de tout, à l'abri de tout...ça l'amusait de savoir que tout le monde ignorait que ces gens âgés considérés comme un peu fêlés pouvaient participer à ces fêtes. C'était extraordinaire, exceptionnel, magnifique !

Ses doutes se dissipèrent lorsqu'elle demanda une dernière fois à Eddy de confirmer toutes ces incroyables révélations.

N'avait-elle pas été depuis le début, formatée pour douter ? Eddy acquiesça, confirmant que tout était vrai. Puis elle eut une parole qui surprit tout le monde, en déclarant spontanément :

— Je vous aiderais à partir d'ici, si vous le souhaitez !

— Oui ! On aura besoin de toi, s'exclama Jenny avec un sourire radieux.

Rien de plus sensationnel que ces quelques mots pour comprendre que le projet serait soutenu par quelqu'un de dynamique comme Chloé. Pour nous, ça signifiait beaucoup, son aide serait précieuse.

— Pour l'instant, je vais m'occuper de soigner ses vilaines plaies. Retournez dans la grande salle, sinon ils vont vous chercher. Je m'occupe d'elle, je vais…

Soudain un bruit, plus précisément une voix vint assombrir la joyeuse atmosphère, les cœurs se mirent à battre en diapason, les yeux enroués de peur, une seule ombre au tableau venait ternir la joie sur les visages qui s'empourprèrent d'un rouge volcanique. C'était la voix de la directrice qui se répandait jusque dans la chambre.

La panique nous submergea mais à cet instant Chloé fit preuve d'un admirable sang-froid et sans se décourager, elle pointa du doigt la porte de la salle de bains et murmura :

— Cachez-vous, et ne sortez que lorsqu'il n'y aura plus aucun bruit. Je reviendrai la chercher.

Elle prit la canne accolée à la petite table, et sortit le cœur tambourinant, les mains tremblotantes.

— Que faites-vous ici Chloé ? On a besoin de vous pour les repas !

— Je suis allée chercher la canne d'une patiente prononça-t-elle, en baissant les yeux pour essayer de cacher son trouble.

— Dépêchez-vous. Je cherche Eddy, vous ne l'auriez pas vu ?

— Oui je l'ai vu en salle de pause !

La directrice rebroussa chemin immédiatement, impatiente de mener ses entretiens, tout était chronométré, son emploi du temps réglé comme du papier à musique.

En regardant furtivement Chloé qui avait les yeux toujours rivés au sol, elle ne se doutait pas un seul instant que cette jeune femme allait participer à l'histoire la plus rocambolesque de la résidence Le Saule. D'ailleurs Chloé ne savait pas encore à quelle histoire elle allait participer. Cet évènement exceptionnel qui agiterait longtemps les esprits, en se répandant bien au-delà du petit village paisible de trois cents habitants.

25

Le futur avait provoqué des nuits d'insomnie, des jours presque identiques aux nuits à quelques détails près. 4 jours de tensions bouillonnantes, intenses, sourdes au nom de ce projet d'évasion baptisé «BERTE » (en référence à LIBERTE). Pourquoi BERTE? Pour évoquer l'avenir sans éveiller de soupçon, pour parler librement devant une équipe de toute façon si préoccupée par la pénurie qu'ils n'auraient certainement pas su repérer l'ambiguïté d'une phrase, ni même comprendre l'insistance d'un regard, ni interpréter un chuchotement…

Pendant quatre jours, il y avait eu pourtant des attitudes inhabituelles, moins larvées, mais dans l'esprit des soignants, il n'y avait que la pénurie des Xp09 qui régnait.

Il est vrai que nous étions habités par une force incroyable Les rêves de chacun s'exposaient ouvertement. BERTE avait animé tous les débats, suscité les passions, les conversations, les disputes parfois. Nos motivations n'avaient jamais été aussi grandes, aucune pugnacité n'avait eu d'égale, aucune initiative plus ambitieuse. Pour éviter les impatiences, les égarements, les folies contagieuses, nous avions volontairement tenu à l'écart ceux qui n'appartenaient pas au groupe. Pour eux, l'évènement allait surgir brutal dans la nuit du vendredi au samedi ; cette nuit où nous allions bousculer les destins de chacun, comme quelqu'un qui escalade un mur. Nous avions décidé d'escalader ce mur pour rejoindre l'autre côté, pour rejoindre notre liberté, inéluctablement, nous passerions tout le monde sans exception...La nuit que nous avions choisie pour partir coïncidait avec la pénurie des Xp09, sûrement que cette rupture avait été une chance, que dis-je une opportunité dont il fallait absolument nous saisir. Aucun patient ne connaîtrait l'effet nuisible des médicaments cette nuit-là ; les plus dépendants seraient ainsi moins freinés dans leurs mouvements, ils ne seraient pas dominés par une catalepsie artificielle. Non. Ils s'en iraient légers, sans ces pas qui vacillent, sans ce mal de crâne qui freine les mouvements. À l'heure que nous souhaitions partir, l'effet des autres somnifères se serait depuis fort longtemps dissipé. Ils pourraient ainsi jouir pleinement de cette liberté que nous espérions leur offrir et qui les porteraient le plus loin possible de la résidence. Nous leur ouvrions les portes cadenassées de leurs souffrances…

Les plus chanceux, une fois libérés, nous espérions que jamais ils ne reviennent dans cet enclos où les peines et les souffrances se bataillaient en permanence. Nous leur souhaitions de trouver une sérénité naturelle sans médicament, un lieu de vie beaucoup moins fermé. En définitif, nous souhaitions surtout que les mentalités changent, que les choses évoluent pour ceux qui étaient condamnés par cette médecine souveraine, nous leur proposions de vivre une minute, peut-être deux, peut-être plus, sans cette continuelle chape de plomb au-dessus de leur âme en souffrance.

Nous voulions reconquérir notre parole, exprimer notre refus, revendiquer notre droit à vivre dignement sans maître. C'était un projet grandiose pour ceux qui en avaient encore conscience ; pour certains, malheureusement, nous ne pourrions rien, sauf peut-être leur procurer une sensation éphémère, leur insuffler la liberté et la révolte momentanément sur leurs corps inertes, et j'étais convaincu qu'ils pourraient encore s'émouvoir en voyant le spectacle que nous leur réservions…

Une chose était sûre, c'est que personne ne retournerait dans cette résidence perdue au milieu du territoire de l'oubli…Nous prenions à cœur de préparer un évènement à la hauteur de notre révolte.

Nos cris qu'ils maintenaient sous silence résonneraient cette fois bien au-delà de ces plaines de solitude, bien au-delà du village situé en contrebas où trois cents habitants dormaient profondément lorsque nous lançâmes le décompte de notre départ...

Paupie, membre du groupe, avait participé aux réunions, pour une raison assez simple ; sa sœur possédait une maison au milieu d'une luxuriante végétation, au bord de l'eau à côté d'une plage privée où seuls quelques initiés avaient accès. Une planque idéale pour les deux ambitieuses, avais-je pensé. J'avais su l'histoire de Paupie. Il y a trois ans, son mari, avec l'accord de la médecine, avait décidé de la placer.

Il n'avait jamais averti sa sœur, certainement qu'elle aurait fini par le savoir s'il n'était pas mort brutalement. À cette époque, leurs relations étaient tendues, elle n'avait jamais rien su de l'intégration de Paupie. Pourtant son nom était mentionné en bas de page d'un dossier, mais jamais elle n'avait été contactée. Au bout d'un an sans nouvelles, elle avait lancé des recherches pour la retrouver, mais ça n'avait rien donné. Elle avait abandonné. Lorsque Chloé l'appela, au début, il y avait eu un silence, un silence émouvant, puis une explosion de joie, des cris et une série de questions auxquels la jeune stagiaire avait eu dû mal à satisfaire. La frangine avait immédiatement accepté d'accueillir les deux clandestines qui devaient accompagner Paupie.

Lorsqu'elle comprit qu'elle allait revoir sa sœur, Paupie s'était mise à pleurer, des larmes de bonheur avaient jailli sur son visage au teint anémiant. Revoir sa sœur était un vœu qui s'exauçait enfin, elle se voyait déjà en train de contempler le soleil se lever, se coucher sur l'infinie grandeur de la mer. Accrochée à ce futur si prometteur, ses joues étaient devenues plus colorées, son énergie se montra d'une redoutable efficacité, elle aida tous les membres à préparer leur départ. Tous avaient rangé leurs affaires dans une valise dissimulée dans l'armoire, et sur un bout de papier, certains avaient même noté une adresse qui représentait l'arrivée. Le chemin qu'ils emprunteraient serait différent, sauf au départ.

Ils prendraient le premier train dans la gare située dans la plus grande ville du département à trente kilomètres de la résidence Le Saule. Ensemble vers une même destination, puis on partirait à l'adresse indiquée sur le bout de papier, (l'adresse généralement d'un proche qui pourrait les accueillir peut-être définitivement ou malheureusement les renvoyer dans une autre résidence, nul ne connaissait l'Avenir).

Pendant ces quatre jours, nous étions presque aussi nerveux que le personnel soignant, pour des raisons différentes, mais nous avions un point commun, la peur d'échouer nous maintenait éveillés. La plupart seraient sûrement rattrapés par la société qui les condamnerait à nouveau.

Mais ça me fascinait de les voir prendre une revanche, même un court instant. Si certains n'avaient plus consciences de leur existence, d'autres pouvaient en revanche vivre encore comme ils l'entendaient, sans trop d'interdit. Toutefois ce changement brutal que je leur imposais ne durerait sûrement que le temps d'une balade...Car il n'y avait pas de doutes, nous représentions un danger pour la société qui nous avait identifiés comme tel, et leur volonté était irrévocable, tant que la société ne trouverait pas d'autres solutions, nous étions ainsi condamnés à rester à l'écart de la vie et des êtres bien portant. Il fallait que nous cachions nos souffrances pour protéger le regard des autres. Certes, la plupart des résidents n'avaient pas la même chance que moi, ni même celle des JJ ou de Paupie. Je me rendais compte que je bousculais ainsi leurs habitudes, leurs petites routines, leur vie figée, le groupe volerait en éclats et avec leurs soirées qui les réunissaient dans une sorte de joyeuse communauté fraternelle. Pourtant à ma grande surprise, aucun membre du groupe ne s'opposa à BERTE. Personne. Même si je ne cessais de me demander ce qu'ils deviendraient, est-ce que le groupe leur manquerait ? Est-ce qu'ils trouveraient un autre espace de liberté ? Toujours est-il que ce projet pour lequel nous étions réunis en symbiose, de tous ces souvenirs, je n'oublierai rien ; ils seraient ancrés en moi comme des souvenirs inaltérables.

Nous n'étions plus jeunes, mais incroyablement ambitieux et combatifs comme seule la jeunesse peut l'être lorsqu'elle est aveuglée par ce qu'elle désire si ardemment. Nous étions sûrement fous aussi, mais pas le genre de folie pour laquelle nous étions enfermés à la résidence. Non, celle-là était heureuse, positive, maîtrisée, planifiée, organisée, méticuleusement orchestrée pour servir notre noble cause...Cette liberté, une dernière fois, avant que notre heure vienne sonner l'instant d'après.

Lorsque Joy sortit de l'épreuve dans laquelle ces deux hommes l'avaient plongée, elle était loin d'imaginer qu'elle participerait à casser ses chaînes de façon si radicale.

Malgré son air livide, le corps encore meurtri par l'épreuve, elle ne s'était pas opposée ; elle n'avait pas su trouver de mots assez forts pour exprimer ce qu'elle ressentait, sur son visage pourtant on voyait un sourire de bonheur figé, immuable. Elle était heureuse comme son amie qui se montrait davantage impatiente, malgré sa réticence de départ. Je crois que vivre un évènement aussi grand les faisait vraiment rêver ?! Même si Jenny était timorée sur ses sentiments, je crois que la perspective d'être recherchée comme une dangereuse criminelle les excitait. Toutes deux rêvaient de quelque chose de grandiose, un départ en fanfares, les projecteurs braqués sur elles de façon surprenante.

À côté de la salle des festivités, nous avons ainsi, autour d'une table, construit notre évasion et notre futur ; ensemble, Jenny, Joy, Paupie, Eddy et moi nous étions concentrés, pendant que le reste du groupe continuait à festoyer. Pendant ces réunions, nous avons débattu, planifié. Eddy était très méticuleux, il monopolisait parfois longtemps la parole, il nous apportait bien des fois des renseignements précieux, et une aide indispensable pour nous organiser ; il relatait aussi les avancées de Chloé dont l'aide était devenue indispensable. Il prenait des notes sans doute pour ne rien oublier, pour ne commettre aucune erreur.

La nuit de notre évasion, Eddy avait subtilisé, dans le bureau de la directrice, à l'intérieur des dossiers, les photocopies des cartes d'identité des résidents pour les ranger ensuite dans les affaires de chacun. Une heure avant le lancement de notre départ, il avait fait un tas de ces paperasses rassemblées comme un tas de feuilles mortes puis ils les avaient brûlées, l'encre rouge s'était envolée un peu comme un esprit qui part désenvoûter d'un corps innocent.

J'avais préparé pour les J.J., deux liasses de billets dont elles distribuèrent une liasse à chacun des membres. Un peu d'argent serait utile à tous pour arriver jusqu'à la destination inscrite sur le bout de papier. Ils prendraient le train à la première heure, accompagnés par Carmen et son compagnon qui avaient assistés à une de nos réunions. Ils avaient décidé de louer deux minibus pour emmener les membres du groupe jusqu'à la gare. Elle avait pris à sa charge les billets pour le premier train, elle était enthousiaste à l'idée de participer au projet. J'aurais tant aimé les voir avec leur petite valise sur le quai de la gare à une heure aussi matinale.

Ceux qui ne faisaient pas partie du groupe, les plus vaillants marcheraient jusqu'à ce qu'on les arrête, car avec leur manteau, et pour seul bagage la photocopie de leur carte d'identité et leur pied comme unique moyen de transport, nous savions qu'ils n'iraient pas loin…Il paraît que Carmen en avait vu quelques-uns errer solitaires sur la route, et qu'elle s'était même arrêtée pour les amener jusqu'au train en leur donnant un peu d'argent. Je sais que ça pouvait paraître étrange de les laisser ainsi, seul, fragile, vulnérable, mais égoïstement ou bien naïvement, nous pensions qu'ils en rêveraient autant que nous de cette liberté. Nous le pensions ainsi, notre envie de liberté était finalement devenue l'affaire de tous…même si nos chemins étaient différents.

J'étais privilégié, j'allais rejoindre l'aéroport situé à plus d'une centaine de kilomètres de la résidence. Chloé m'avait réservé le billet d'avion avec l'argent que je lui avais confié. Elle m'avait obtenu un siège en première classe, c'était hors de prix mais royal.

Avant de lancer notre départ, nous avons dansé tous ensemble, une dernière fois, dans cette pièce qui avait abrité tant de fois les festivités. Nous avons dansé aux côtés de jerricans d'essence qu'Eddy avait déposés, nous avons dansé sur la musique de *Born to be alive*, oui nous étions en vie et bordel, on attendait ça avec impatience, de vivre ! Vivre ! Vivre. Nous avions une heure pour partir, pour voir disparaître dans les flammes ce lieu qui avait enfermé tant de souffrances !

Tandis que les leaders emmenaient le groupe dans la grande salle, Eddy et moi avons préparé les deux astreintes qui pionçaient profondément, nous les avons installés sur une chaise roulante pour les transporter à l'extérieur vers le parc aménagé à côté de la forêt, nous prenions soin de les éloigner le plus possible de notre action criminelle. Nous les avons solidement attachés à un banc, un bandeau sur les yeux et des boules Quiès dans les oreilles. Les astreintes ne pouvaient ainsi pas nous interrompre. Ensuite nous avons fait sortir ceux qui n'appartenaient pas au groupe, en leur annonçant simplement de prendre une veste pour une promenade inhabituelle. Nous les avons conduits jusque dans la grande pièce au plafond de verre allumée par quelques veilleuses où tous les membres du groupe attendaient déjà ; certains étaient en chaise roulante que les plus robustes poussaient.

Une fois l'ouverture des portes, nous nous sommes fixés sur le trottoir d'en face. La nuit était silencieuse, profonde, l'heure idéale pour s'enfuir. Deux heures trente du matin affichaient le début de notre libération. Certains somnolaient encore, d'autres avaient de grands yeux ouverts comme s'ils attendaient un spectacle…J'étais prêt à m'émerveiller. Eddy s'activait à l'intérieur. Au préalable, il avait débranché toutes les alarmes incendie. Nous attendions les premières flammes, impatients, nerveux, lorsque nous les vîmes sortir des fenêtres nous étions heureux comme des enfants qui s'extasient pour la première fois devant un manège, nous avons hurlé, hurlé notre joie, une joie qui s'empara violemment de ce silence que nous ne voulions plus. Entre-temps, Carmen et son compagnon nous avaient rejoints. À la première déflagration, nous avons crié encore plus fort. Nous savions que la résidence était en train de fléchir, que le bruit de l'explosion indiquait le début de la fin, le début d'un renouveau. Pour moi c'était l'avenir qui me tendait les bras ; mes larmes se sont mises à couler abondamment sur mes joues éclatantes. J'attendais tellement ce moment avec impatience, enfin l'avenir portait un nom, il avait un visage radieux.

Cette résidence n'abriterait plus aucun de nous, notre vieillesse que nous refusions d'assumer ou de porter de la façon dont on nous l'imposait ; sans nous, l'établissement n'avait plus de raison d'exister. En provoquant cet incendie, nous refusions de nous soumettre.

D'énormes flammes vacillèrent et oscillèrent à travers les fenêtres pour échapper aussi à cette résidence, je me souviens que nous avions applaudi en les voyant côtoyer le ciel étoilé. À la deuxième explosion, nous vîmes réapparaître Eddy qui avait accompli sa mission comme nous l'avions prévue. Il était temps de partir même si nous étions tous fascinés par ce feu qui illuminait nos esprits si joyeux. Nous avions projeté sur ces flammes notre colère si longtemps contenue, nous posions ainsi notre diagnostic à nous, il était intransigeant, sans autre alternative que celui que nous laissions. Vous dire comment le personnel de l'établissement a réagi en voyant ce cataclysme de cendres, aucune idée. Je les imaginais surpris, consterné, avec un sentiment de vertige, j'aurais tant aimé être là pour voir leurs réactions, pour entendre leurs cris comme ceux que nous avions émis en enterrant la résidence sous ses cendres.

Ça faisait du bien d'être libre. Une formidable sensation nous habitait, c'était le bonheur que nous ressentions à cet instant tous, sans penser à l'après…Une autre explosion, un grand bruit comme un bruit de tonnerre vint déchirer le ciel. Il était temps de partir ! Nous avons laissé ceux qui ne pouvaient pas venir avec nous, admirer ce spectacle jusqu'au bout. Les secours allaient bientôt arriver.

Au moment de quitter les J.J. et Paupie, à l'aéroport - il n'y avait pas eu d'adieux larmoyants, ni même de scènes qui s'éternisent - Eddy m'avait remis une enveloppe qu'il me demanda d'ouvrir une fois installé dans l'avion. Il conduisait ensuite ses protégées dans leur demeure provisoire, puis il rentrerait le plus vite possible pour amorcer les transactions. Il avait décidé de tout plaquer, de vivre avec elles, dans un endroit encore non déterminé au moment où je les quittais. Je leur avais fait une proposition à laquelle ils m'avaient répondu *on verra*.

Eddy prévoyait de vendre sa maison ; avec l'argent il s'occuperait de sa nouvelle installation et de celle des J.J. Il avait décidé de quitter le village qui avait bercé toute son existence. Après l'interrogatoire des flics plutôt bâclé, Eddy s'était immédiatement occupé des transactions. Avec ce qui s'était passé, Eddy avait perdu son job, évidemment. Il n'était plus question d'attendre, *plus rien ne me retient ici* avait-il expliqué à ceux qui l'avaient interrogé.

*

L'enveloppe est posée sur mes genoux, je l'ouvre de mes mains nerveuses, je sens qu'il y a autre chose qu'une lettre. En effet, à ma grande surprise, je vois quelques billets accompagnés par cette lettre manuscrite sur un bout de papier froissé, je commence à la lire.

Cher ami, nous n'avons pas eu le temps de te remercier. Nous le faisons par l'intermédiaire de ces quelques lignes. Cette extraordinaire aventure qui a commencé il y quatre jours, sans toi nous n'aurions jamais osé l'entreprendre. Ton envie de liberté était animée par une telle force, une telle détermination qui nous a permis d'éclairer notre propre existence. Nous vivons quelque chose d'unique. Avec le groupe et nos sorties nocturnes, nous vivions déjà quelque chose d'exceptionnel, mais ce n'est rien comparé à ce que tu nous permets de réaliser. Aucun mot ne sera assez fort pour te témoigner notre gratitude, et à l'instant où nous écrivons ces lignes, l'impatience brûle nos mains tremblotantes, nos jambes frémissent d'excitation, l'avenir palpite si intensément en nous qu'il ne peut rien nous arriver, nous sommes enivrées par la perspective de l'Avenir. Nous nous sentons VIVANTES. Ces quelques lignes aussi pour te remercier de ta proposition que nous acceptons évidemment avec joie. Eddy préparera notre départ, il fera partie du voyage et nous nous retrouverons là-bas, chez toi pour une vie nouvelle. Nous te laissons cet argent pour que tu prépares notre avenir à tes côtés. Eddy nous trouvera des papiers d'identité, il sait si bien se débrouiller, si bien nous protéger. L'arthrose commence à chatouiller nos phalanges osseuses, nos mains sont agitées, il est temps de poser le stylo, et de penser à agir, nous avons encore quelques affaires à préparer. Nous espérons te voir bientôt, là-bas au moins on sera tranquilles...

Amitiés,

J.J.

Je pose ma tête contre le siège, j'ai vécu la nuit la plus intense de toute mon existence.

Du hublot, je vois le paysage terrestre s'éloigner un peu comme mon passé que je laisse dernière moi, seul mes souvenirs pourront à présent les ranimer. Il y a encore quelques heures, avant d'arriver à l'aéroport, j'étais un fugitif, maintenant la paranoïa est derrière moi.

Je suis libre. Je vais VIVRE, tenter de construire ailleurs les quelques années qui me restent.

Je veux les savourer pleinement avant la fin, et je n'ai nullement l'intention de me modérer. Je pars rejoindre ma nièce, je sais qu'elle m'attend. Dans quelques heures, je la serrerai fort dans mes bras...

Une hôtesse de l'air s'approche, me demande si je veux quelque chose, je lui souris en répondant *merci j'ai déjà tout ce qu'il me faut.*

Bientôt Eddy, les J.J me rejoindront. Pour l'instant, je ferme les yeux, je sais que je les ouvrirai bientôt sur ma nouvelle vie !

D'autres récits du même auteur

Romans

Un monde merveilleux

Tanya Vétorel est employée d'une grande entreprise. Après un évènement sordide la plongeant au cœur d'une histoire indécente, Vétorel devra mener l'enquête dans cette entreprise. Mais réussira-t-elle à révéler au plus grand nombre une affaire où libertés et pouvoir sont en jeu ? Un roman noir policier qui porte un certain regard sur le monde du travail en alliant intrigues

Entre leurs jambes

Le récit singulier de cinq personnages où se mêlent sentiments, suspenses et des histoires haletantes...C'est l'histoire de Natacha, escort girl, qui va se retrouver dans une situation délicate où elle demandera de l'aide à sa sœur Julie. Celle de Françoise, femme mariée à un mari indifférent qui va se confier à Martha qui mène une double vie en aventures sexuelles. Puis Rosalie, enceinte d'un homme marié qui la rejette.

Qu'ont toutes ces femmes en commun ? Est-ce la désillusion, la quête du bonheur et de l'amour, la recherche de l'épanouissement ou l'envie de s'émanciper de la dépendance des hommes ?

À la conquête de Ronaldo

Mélanie Da Silva, trentenaire épanouie sauf en amour, ne parvient pas à se remettre de sa dernière grande histoire...Elle ne semble plus y croire jusqu'au jour où le coup de foudre s'abat sur elle via le grand écran : «*Une vision fabuleuse, presque ecclésiastique apparut en HD, et secoua d'émotion tout mon être. C'est comme si j'avais vu le Messie ; à cet instant précis, j'ai su que mon existence ne serait plus jamais comme avant.*» Seulement voilà, l'élu n'est autre qu'un célèbre footballeur mondialement connu ! Comment parvenir à conquérir le cœur d'un homme aussi   célèbre   ? **La volonté ne suffit pas, le destin a aussi sa part à jouer !**

Nouvelles

Victimes

Jeune diplômée, Camille quitte sa province natale pour une grande ville en espérant obtenir un emploi en lien   avec   ses   aspirations. Le jour où elle pose ses valises dans le studio d'une amie, elle est comme un clandestin sur le bateau de l'ignorance.   L'Avenir   est   à   bâtir. Pourtant lorsqu'elle décroche un emploi qui semble correspondre à ses rêves, elle est loin d'imaginer le futur qui l'attend…

Un été peu ordinaire

La vie de Pierre était paisible avec sa femme et ses enfants. Il menait une vie tranquille jusqu'à sa rencontre avec Jade, belle et audacieuse, dont il tombe éperdument amoureux. Jusqu'où ira cette passion amoureuse ? Quelles sont les motivations de Jade ? La folie de Pierre n'est-elle pas un peu fabriquée ?

http://sandrinelouvalmy.blogspot.fr

www.ingramcontent.com/pod-product-compliance
Lightning Source LLC
Chambersburg PA
CBHW071234260626
47161CB00003BA/893